हिन्द पॉकेट बुक्स

वैदिक संस्कृति

हमारी राष्ट्रीय संस्कृति वैदिक है, जो वेदों का अनुकरण करती है। वेद हमारे प्राचीनतम् और आधारभूत धर्मग्रन्थ हैं। भारतीय संस्कृति में सनातन धर्म के मूल और सबसे प्राचीन ग्रन्थ हैं, जिन्हें ईश्वर की वाणी समझा जाता है। वेदों को अपौरुषेय (जिसे कोई व्यक्ति न कर सकता हो, यानी ईश्वर कृत) माना जाता है तथा ब्रह्मा को इनका रचयिता माना जाता है।

यह पुस्तक हमारी इसी वैदिक संस्कृति की जानकारी देने के लिए लिखी गई है। इस पुस्तक में संस्कृति के उत्थान-पतन का विवरण भी है, ताकि हम जान सकें कि संस्कृति के भूलने के दुष्परिणाम क्या होते हैं? सरल भाषा में आकर्षक चित्रों से सजी यह पुस्तक खासतौर से बच्चों और किशोरों के लिए तैयार की गई है, ताकि इसे पढ़कर बच्चे वेदों से प्रेरणा लें। इस पुस्तक में आपकी परीक्षा के लिए एक प्रश्नोत्तरी भी है, इसे हल कीजिए और अपने ज्ञान की परीक्षा आप स्वयं कीजिए।

लेखक की अन्य पुस्तकें

- हमारे राष्ट्रीय खेल
- हमारा राष्ट्रीय पुष्प कमल
- हमारा राष्ट्रीय पक्षी मोर
- हमारा राष्ट्रीय गीत
- हमारा राष्ट्रीय फल आम
- हमारा राष्ट्रीय चिह्न अशोक चक्र
- हमारा राष्ट्रीय वृक्ष बरगद
- हमारी राष्ट्रीय जलचर डॉल्फिन
- हमारी राष्ट्रीय नदी गंगा
- हमारा राष्ट्रीय ग्रंथ गीता
- हमारे राष्ट्रीय पर्व और दिवस
- हमारे राष्ट्रीय स्मारक
- हमारा राष्ट्रीय ध्वज तिरंगा
- हमारे राष्ट्रीय विरासत स्थल
- हमारी राजभाषा हिन्दी
- हमारे नेशनल पार्क
- लोकप्रिय बाल गीत
- हमारे देशभक्ति गीत
- हमारे राष्ट्रीय गीत
- शहीदों के अमर गीत
- महाभारत की कहानियाँ
- पुराणों की कहानियाँ
- रामायण की कहानियाँ
- बेताल पचीसी, दो भागों में
- महापुरुषों का बचपन
- महाराणा प्रताप
- बहादुर बेटी मलाला

सुरुचिपूर्ण एवं प्रेरणादायक सचित्र जानकारियाँ

हमारी वैदिक संस्कृति

तेजपाल सिंह धामा

हिन्द पॉकेट बुक्स
पेंगुइन रैंडम हाउस इम्प्रिंट

हिन्द पॉकेट बुक्स

यूएसए | कनाडा | यूके | आयरलैंड | ऑस्ट्रेलिया | सिंगापुर
न्यू ज़ीलैंड | भारत | दक्षिण अफ्रीका | चीन

हिन्द पॉकेट बुक्स, पेंगुइन रैंडम हाउस ग्रुप ऑफ़ कम्पनीज़ का हिस्सा है,
जिसका पता global.penguinrandomhouse.com पर मिलेगा

पेंगुइन रैंडम हाउस इंडिया प्रा. लि.,
चौथी मंजिल, कैपिटल टावर -1, एम जी रोड,
गुड़गांव 122 002, हरियाणा, भारत

पेंगुइन
रैंडम हाउस
इंडिया

प्रथम हिन्दी संस्करण हिन्द पॉकेट बुक्स द्वारा 2014 में प्रकाशित
यह हिन्दी संस्करण हिन्द पॉकेट बुक्स में पेंगुइन रैंडम हाउस द्वारा 2022 में प्रकाशित

10 9 8 7 6 5 4 3 2

इस पुस्तक में व्यक्त विचार लेखक के अपने हैं, जिनका यथासंभव तथ्यात्मक
सत्यापन किया गया है, और इस संबंध में प्रकाशक एवं सहयोगी
प्रकाशक किसी भी रूप में उत्तरदायी नहीं हैं।

ISBN 9789353491291

मुद्रकः रेप्रो इंडिया लिमिटेड

www.penguin.co.in

FSC www.fsc.org
MIX
Paper from responsible sources
FSC® C047271

This is a legitimate digitally printed version of the book and therefore might not have certain extra finishing on the cover.

क्रम

वैदिक संस्कृति : एक परिचय

बच्चो! हमारी राष्ट्रीय संस्कृति वैदिक है, जो वेदों के आधार पर सदियों से अपना जीवन व्यतीत करती आई है। वेद संसार के सबसे पुराने ग्रंथ हैं, इसलिए हमें गर्व होना चाहिए कि हमारी संस्कृति दुनिया में सबसे प्राचीन और गौरवशाली है।

वेद प्राचीन भारत में हमारे प्राचीनतम और आधारभूत धर्मग्रन्थ हैं। भारतीय संस्कृति में सनातन धर्म के मूल और सबसे प्राचीन ग्रन्थ हैं, जिन्हें ईश्वर की वाणी समझा जाता है। वेदों को अपौरुषेय (जिसे कोई व्यक्ति न कर सकता हो, यानी ईश्वर कृत) माना जाता है तथा ब्रह्मा को इनका रचयिता माना जाता है। इन्हें श्रुति भी कहते हैं जिसका अर्थ है सुना हुआ। अन्य हिन्दू ग्रंथों को स्मृति कहते हैं। यानी मनुष्यों की बुद्धि या स्मृति पर आधारित। ये विश्व के उन प्राचीनतम धार्मिक ग्रंथों में हैं जिनके मन्त्र आज भी इस्तेमाल किए जाते हैं।

वेद शब्द संस्कृत भाषा के विद् धातु से बना है। इस तरह वेद का शाब्दिक अर्थ विदित यानी ज्ञान के ग्रंथ हैं। आज चतुर्वेदों के रूप में ज्ञात इन ग्रंथों का विवरण इस प्रकार है –

ऋग्वेद

ऋग्वेद को चारों वेदों में सबसे प्राचीन माना जाता है। इसे दो वर्गों में

विभाजित किया गया है। प्रथम प्रकार में इसे 10 मण्डलों में विभाजित किया गया है। मण्डलों को सूक्तों में, सूक्त में ऋचाएँ होती हैं। कुल ऋचाएँ 1052 हैं। दूसरे वर्ग से ऋग्वेद में 64 अध्याय हैं। आठ-आठ अध्यायों को मिलाकर एक अष्टक बनाया गया है। ऐसे कुल आठ अष्टक हैं। फिर प्रत्येक अध्याय को वर्गों में विभाजित किया गया है। वर्गों की संख्या भिन्न-भिन्न अध्यायों में भिन्न-भिन्न है। कुल वर्ग संख्या 2024 है। प्रत्येक वर्ग में कुछ मंत्र होते हैं।

सृष्टि के अनेक रहस्यों का इनमें उद्‌घाटन किया गया है। पहले इसकी 21 शाखाएं थीं, परन्तु वर्तमान में इसकी शाकल शाखा का ही प्रचार है।

यजुर्वेद

इसमें गद्य और पद्य दोनों हैं। इसमें यज्ञ कर्म की प्रधानता है। प्राचीन काल में इसकी 101 शाखाएँ थीं, परन्तु वर्तमान में केवल पांच शाखाएं हैं : काठक, कपिष्ठल, मैत्रायणी, तैत्तरीय, वाजसनेयी। इस वेद के दो भेद हैं : कृष्ण यजुर्वेद और शुक्ल यजुर्वेद। कृष्ण यजुर्वेद का संकलन महर्षि वेद व्यास ने किया है। इसका दूसरा नाम तैत्तरीय संहिता भी है। इसमें मंत्र और ब्राह्मण भाग मिश्रित हैं। शुक्ल यजुर्वेद को सूर्य ने याज्ञवल्क्य को उपदेश के रूप में दिया था। इसमें 15 शाखाएँ थीं, परन्तु वर्तमान में माध्यन्दिन को जिसे वाजसनेयी भी कहते हैं, प्राप्त हैं। इसमें 40 अध्याय, 303 अनुवाक एवं 1975 मंत्र हैं। अन्तिम चालीसवाँ अध्याय ईशावास्योपनिषद है।

सामवेद

यह गेय ग्रन्थ है। इसमें गान विद्या का भण्डार है, यह भारतीय संगीत का मूल है। ऋचाओं के गायन को ही साम कहते हैं। इसकी 1001 शाखाएं थीं। परन्तु आजकल तीन ही प्रचलित हैं : कोथुमीय, जैमिनीय और राणायनीय। इसको पूर्वार्चिक और उत्तरार्चिक में बांटा गया है।

पूर्वार्चिक में चार काण्ड हैं : आग्नेय काण्ड, ऐन्द्र काण्ड, पवमान काण्ड और आरण्य काण्ड। चारों काण्डों में कुल 640 मंत्र हैं। फिर महानाम्न्यार्चिक के 10 मंत्र हैं। इस प्रकार पूर्वार्चिक में कुल 650 मंत्र हैं। छः प्रपाठक हैं। उत्तरार्चिक को 21 अध्यायों में बांटा गया। नौ प्रपाठक हैं। इसमें कुल 1225 मंत्र हैं। इस प्रकार सामवेद में कुल 1875 मंत्र हैं। इसमें अधिकतर मंत्र ऋग्वेद से लिए गए हैं। इसे उपासना का प्रवर्तक भी कहा जा सकता है। हवन और यज्ञ में भी इसके कई मंत्र उपयोग में लाए जाते हैं।

अथर्ववेद

इसमें गणित, विज्ञान, आयुर्वेद, समाज शास्त्र, कृषि विज्ञान, आदि अनेक विषय वर्णित हैं। कुछ लोग इसमें मंत्र-तंत्र भी खोजते हैं। यह वेद जहाँ ब्रह्म ज्ञान का उपदेश करता है, वहीं मोक्ष का उपाय भी बताता है। इसे ब्रह्म वेद भी कहते हैं। इसमें मुख्य रूप में अथर्वण और आंगिरस ऋषियों

के मंत्र होने के कारण अथर्व आंगिरस भी कहते हैं। यह 20 काण्डों में विभक्त है। प्रत्येक काण्ड में कई-कई सूत्र हैं और सूत्रों में मंत्र हैं। इस वेद में कुल 5977 मंत्र हैं। इसकी आजकल दो शाखाएं शौणिक एवं पिप्पलाद ही उपलब्ध हैं। अथर्ववेद का विद्वान् चारों वेदों का ज्ञाता होता है। यज्ञ में ऋग्वेद का होता देवों का आह्वान करता है, सामवेद का उद्गाता सामगान करता है, यजुर्वेद का अध्वर्यु देव : कोटीकर्म का वितान करता है तथा अथर्ववेद का ब्रह्म पूरे यज्ञ कर्म पर नियंत्रण रखता है।

वेद के अंग, उपांग एवं उपवेद

वेदों के सर्वांगीण अनुशीलन के लिए शिक्षा, कल्प, व्याकरण, निरुक्त, छन्द और ज्योतिष : इन 6 अंगों के ग्रन्थ हैं। प्रतिपदसूत्र, अनुपद, छन्दोभाषा (प्रातिशाख्य), धर्मशास्त्र, न्याय तथा वैशेषिक – ये 6 उपांग ग्रन्थ भी उपलब्ध हैं। आयुर्वेद, धनुर्वेद, गान्धर्ववेद तथा स्थापत्यवेद : ये क्रमशः चारों वेदों के उपवेद कात्यायन ने बतलाए हैं।

वेद-भाष्यकार

प्रचीन काल में व्यास, जैमिनी, पतंजलि आदि मुनियों को वेदों का अच्छा ज्ञान था। व्यास ऋषि ने गीता में कई बार वेदों का जिक्र किया है। कई बार कृष्ण, अर्जुन से ये कहते हैं कि वेदों की अलंकारमयी भाषा के बदले उनके वचन आसान लगेंगे।

राजा राममोहन राय का ब्रह्म समाज और दयानन्द सरस्वती का आर्य समाज लगभग एक ही समय में (1860) वेदों के सबसे बड़े प्रचारक बने। इनके अतिरिक्त शंकर पाण्डुरंग ने सायण भाष्य के अलावा अथर्ववेद का चार जिल्दों में प्रकाशन किया। लोकमान्य तिलक ने 'ओरायन' और 'द' आर्कटिक होम इन वेदाज नामक दो ग्रंथ वैदिक साहित्य की समीक्षा के

रूप में लिखे। बालकृष्ण दीक्षित ने सन् 1877 में कलकत्ता में सामवेद पर अपने ज्ञान का प्रकाशन कराया। श्रीपाद दामोदर सातवलेकर ने सतारा में चारों वेदों की संहिता का श्रमपूर्वक प्रकाशन कराया। महर्षि दयानंद सरस्वती के वेद को प्रामाणिक और विज्ञान आधारित माना जाता है।

वैदिक संहिताओं के अनुवाद में रमेशचंद्र दत्त बंगाल से, रामगोविन्द

त्रिवेदी एवम् जयदेव विद्यालंकार के हिन्दी में एवम् श्रीधर पाठक का मराठी में कार्य भी लोगों को वेदों के बारे में जानकारी प्रदान करता रहा है। इसके बाद गायत्री तपोभूमि के श्रीराम शर्मा आचार्य ने भी वेदों के भाष्य प्रकाशित किए हैं ।

विदेशी प्रयास

सत्रहवीं सदी में मुगल बादशाह औरंगजेब के भाई दारा शिकोह ने कुछ उपनिषदों का फारसी में अनुवाद किया, जो पहले फ्रांसिसी और बाद में अन्य भाषाओं में अनुदित हुईं। यूरोप में इसके बाद वैदिक और संस्कृत साहित्य की ओर ध्यान गया। मैक्समूलर जैसे यूरोपीय विद्वान ने भी संस्कृत और वैदिक साहित्य पर बहुत अध्ययन किया है। लेकिन यूरोप के विद्वानों का ध्यान हिन्द आर्य भाषा परिवार के सिद्धांत को बनाने और उसको सिद्ध करने तक ही सीमित रहा। शब्दों की समानता को लेकर बने इस सिद्धांत में ऐतिहासिक तथ्य और काल निर्धारण का तोड़-मरोड़ करना ही पड़ता है। इस कारण से वेदों की रचना का समय 1800-1000 ईसा पूर्व माना जाता है, जो संस्कृत साहित्य और हिन्दू सिद्धांतों पर खरा नहीं उतरता। लेकिन आर्य जातियों के प्रयाण के सिद्धांत के तहत और भाषागत दृष्टि से यही काल इन ग्रंथों की रचना का मान लिया जाता है। अनेक विदेशी विद्वानों ने भारतीय संस्कृति से प्रभावित होकर अपने परिधान तक भारतीय कर लिए हैं और धोती कुर्ता तक पहनने लगे हैं।

क्यों था भारत सोने की चिड़िया?

वैदिक संस्कृति के कारण भारत कभी सोने की चिड़िया के नाम से पुकारा जाता था। यह इसलिए सोने की चिड़िया नहीं कहा जाता था कि यहाँ पर सोने की अपार खानें थीं, वरन् इसलिए कहा जाता था कि ज्ञान और विज्ञान में अपार उन्नति करके भारतीय इस मृत्यु लोक पर ही स्वर्ग की अनुभूति कर रहे थे। लेकिन प्रश्न पूछा जाता है कि प्राचीन भारत ज्ञान-विज्ञान के कारण स्वर्ग या स्वर्ण भूमि कहा जाता था, इसका क्या प्रमाण है? तो इस अध्याय में हम भारत के परम वैभव की ही चर्चा करेंगे। भारत में ही मनुष्य ने प्रथम विज्ञान और कला का अरुणोदय देखा। जब यहाँ सभ्यता एवं संस्कृति अपने शिखर पर पहुँच चुकी थी, तो यूरोप वाले नितांत जंगली थे। डफ साहब का कथन है कि आर्यों का विज्ञान इतना विस्तृत है कि यूरोपीय विज्ञान के सब अंग वहाँ मिलते हैं। सृष्टि से लेकर पाँच सहस्र वर्ष पूर्व तक आर्यों का सार्वभौम चक्रवर्ती अर्थात् भूगोल में एकमात्र सर्वोपरि राज्य था। आर्यावर्त से भिन्न देश म्लेच्छ या दस्यु देश थे। संसार को आज ही की तरह सात महाद्वीपों में बाँटा गया था, जिसे आज एशिया कहते हैं, वैदिक काल में उसका नाम जम्बूद्वीप था। भारत इसी का एक वर्ष है। जब यहाँ पर तोप व वायुयान थे, तब यूरोप में पाषाण युग ही चल रहा था। वेदों में सब पदार्थ एवं सब विद्याओं का वर्णन मिल सकता है, लेकिन यह गहन अनुसंधानों के बाद ही संभव है।

आधुनिक युग में यदि कोई विद्वान अपने अविद्यांधकार को हटाकर ज्ञान को प्रकाशित कर देता है, तो वह समझता है कि मैंने एक नया आविष्कार किया है। भोले-भाले अन्य मनुष्य भी समझने लगते हैं कि इस विद्वान ने ही नई खोज की है और इससे पहले इस बात का किसी को पता ही नहीं था। यह उनकी बड़ी भूल होती है। वैदिक युग में सब ज्ञान प्रकाशित था, धीरे-धीरे अज्ञान अंधकार से विज्ञान का वह प्रकाश लुप्त हो गया। इतनी बात तो अवश्य है कि उस विद्वान ने इस युग में ज्ञानांधकार हटाकर पुनर्विष्कार किया, अपनी योग्यता से नई बात का पता लगाया, पर यह कहना सर्वथा ही अनुचित है कि इससे पहले कभी किसी को इस बात का ज्ञान था ही नहीं।

ईसाई पादरी मैक्स मूलर (मोक्षमूलर) ने एक स्थान पर लिखा है कि मैं आपको पुनः स्मरण कराता हूँ कि वेद में अधिकांश बचकानी और मूर्खों वाली बातें हैं, यद्यपि ऐसे स्थल बहुत थोड़े हैं जो दुराचार प्रतिपादक हों। बहुत से मंत्र सर्वथा फीके और निरर्थक हैं। पादरियों द्वारा आर्यों को गंवार, ग्वाला तथा घुमक्कड़ बताया गया। दरअसल, मैक्समूलर यदि वेदों में विज्ञान सिद्ध कर देते तो यह बाइबिल के विरुद्ध होता और बाइबिल के विरुद्ध बोलने का परिणाम होता सजा-ए-मौत। इसलिए उन्होंने सत्य को दबा दिया, लेकिन सत्य भला कभी दबाया जा सकता है? कदापि नहीं। रेवरेन्ड मौरिस फिलिप नामक ईसाई पादरी ने मैक्समूलर के बयानों पर प्रतिक्रिया व्यक्त करते हुए लिखा है कि हम इस निष्कर्ष पर पहुँचते हैं कि वैदिक आर्यों के ईश्वरादि विषयक पवित्रता और उच्चतर विचार एक प्रारंभिक ईश्वरीय ज्ञान के परिणाम थे। बच्चो! हमारे पूर्वज आर्य कहे जाते थे यानी कि श्रेष्ठ और आर्य उच्चकोटि के विद्वान थे, इसको हम इस प्रकार सिद्ध कर सकते हैं –

1. आर्य साहित्य में विज्ञान शब्द का अर्थ साइन्स के अतिरिक्त और कुछ नहीं है। जैसे 'एतदुविज्ञानम्' – शतपथ 3-3-4

'इति विज्ञायेत, – यास्कीय निरुक्त एवं कल्पसूत्र

संस्कृत व्याकरण में विद् नामक चार धातुएँ हैं, जिनसे 'वेद' शब्द बन सकता है विद् सत्तायाम् (विद्यते), विद् ज्ञाने (वेत्ति), विद् विचारणे (वेविन्ते) और विद्लृ लाभे (विन्दति)। इन चारों धातुओं से बनने वाले शब्द आश्चर्यचकित करने वाले हैं। मनुष्य जाति के अस्तित्व में आते ही (विद् सत्तायाम), ज्ञान प्राप्ति के लिए (विद् ज्ञाने), विचारपूर्वक (विद् विचारणे), संसार के लाभ के लिए (विद्लृ लाभे) अपनी जो महान विरासत परमात्मा ने छोड़ी है, उसी का नाम वेद है। 'वेद' शब्द लिट् लकार में नहीं बनता, केवल लट् लकार में ही बनता है, जो वर्तमान काल का द्योतक है। वेद भूतकाल से मुक्त हैं अर्थात् वह सतत् प्रत्यक्ष है। अतः जब वेद नहीं रहेंगे तो सृष्टि भी नहीं रहेगी। वैदिक वानप्रस्थियों और ऋषियों ने जंगलों के बीच निरोग जलवायु में वेदों पर अनुसंधान करके क्रमबद्ध ज्ञान प्राप्त किया है। क्रमबद्ध ज्ञान ही विज्ञान कहा गया और आर्यों का यह विज्ञान मानव कल्याण के लिए था, उनकी शिक्षाएँ नैतिकता व नम्रता के लिए हैं, क्योंकि ऋषियों का व्यवहार स्वच्छ व निष्काम था।

2. पृथ्वी के आकार का ज्ञान पुराणों में इंगित पद्माकार, अंडाकार से होता है। शतपथ में परिमण्डल रूप भी पृथ्वी की गोलाकार आकृति का द्योतक है। ऋग्वेदानुसार भी पृथ्वी गोल है तथा सूर्य के आकर्षण पर ठहरी है।

3. यजुर्वेद के अनुसार पृथ्वी जल के सहित सूर्य के चारों ओर घूमती जाती है। भला आर्यों को गंवार कैसे कहा जा सकता है? गृह परिचालन सिद्धांत तो महाज्ञानी ही लिख सकते हैं।

4. वेदों में सूर्य को वृघ्न कहा गया है, अर्थात् पृथ्वी से सैकड़ों गुणा बड़ा व करोड़ों कोस दूर। क्या घुमन्तु जाति ऐसा अनुमान लगा सकती थी?

5. अथर्ववेद में भूत-प्रेत, ताबीज बनाने का विवरण कहीं भी नहीं, बल्कि कर्मबद्ध विज्ञान ही है। जैसे 'जिस तरह चन्द्रलोक सूर्य से प्रकाशित होता है, उसी तरह पृथ्वी भी सूर्य से प्रकाशित होती है।'

6. सूर्य की सात किरणों का ज्ञान संसार में सबसे पहले आर्यों ने ही ज्ञात किया। आर्यों ने ही विश्व को बताया कि सूर्य की सात किरणें दिन को उत्पन्न करती हैं। इतना ही नहीं आर्यों ने सूर्य के अन्दर सर्वप्रथम काले दागों को भी देखा था।

7. आर्यों को सूर्य-चन्द्र ग्रहण के वैज्ञानिक कारणों का ज्ञान था तथा पृथ्वी की परिधि का भी। भास्कराचार्य ने इस पृथ्वी के गोल होने और उसमें आकर्षण (चुम्बकीय) शक्ति होने के सिद्धांतों का प्रतिपादन वेदाध्ययन के आधार पर ही किया, क्योंकि वेद सब सत्य विद्याओं का सार है। उन्होंने लिखा कि गोले की परिधि का 100वाँ भाग एक सीधी रेखा प्रतीत होता है, हमारी पृथ्वी भी एक बड़ा गोला है। मनुष्य को उसकी परिधि का बहुत ही छोटा भाग दीखता है। इसलिए यह चपटी दिखती है। वेदों के आकर्षण सिद्धांत का भावार्थ करते हुए न्यूटन से कई शताब्दियों पहले भास्कराचार्य ने थ्यौरी ऑफ ग्रेविटेशन इतना उत्तमता से लिखा कि इसे देखकर आश्चर्य होता है। उन्होंने लिखा कि पृथ्वी अपनी आकर्षण शक्ति के जोर से सब चीजों को अपनी ओर खींचती है। इसलिए सभी पदार्थ उस पर गिरते हुए नजर आते हैं। इन्हीं सिद्धांतों को पढ़कर फ्रांस निवासी जैकालियट ने अपनी पुस्तक 'द बाइबिल इन इंडिया' में लिखा है कि सब विद्या भलाइयों का भंडार आर्यावर्त है। आर्यावर्त से ज्ञान-विज्ञान को अरब वालों ने लिया तथा अरब से ही यूरोप पहुँचा। एक साक्ष्य यह भी है कि खलीफा हारुंरशीद और अलमामू ने भारतीय ज्योतिषियों को

अरब बुलाकर उनके ग्रंथों (वेदों, पुराणों व उपनिषदों) का अरबी में अनुवाद करवाया।

आर्य ग्रीकों और अरबों के गुरु थे। आर्यभट्ट के ग्रंथों का अनुवाद कर धर्मबहर नाम रखा गया। अलबेरूनी लिखता है कि अंकगणित शास्त्र में हिन्दू लोग संसार की सब जातियों से बढ़कर हैं। मैंने अनेक भाषाओं के अंकों के नामों को सीखा, परन्तु मैंने किसी भी जाति में हजार से आगे के लिए कोई नाम नहीं पाया। परन्तु हिन्दू (आर्य) लोगों में 18 अंक तक की संख्याओं के नाम हैं और वे उसे परार्ध कहते हैं। यजुर्वेद में निम्नलिखित संख्या में ईंटों का हवन कुंड बनाने की शक्ति देने के लिए ईश्वर से प्रार्थना की गई है –

एक	1
दस	10
शत	100
सहस्र	1000
अयुत	10000
नियुत	100000
प्रयुतम	10000000
अर्वुद	100000000
न्यर्वुद	1000000000
समुद्र	100000000000
मध्य	10000000000000
अन्त	1000000000000000
परार्ध	1000000000000000000

इतना ही नहीं, वेदों में पहाड़ों का वर्णन भी है, वर्गमूल, भिन्न, रेखागणित आदि का विस्तृत वर्णन यजुर्वेद में है।

8. आर्यों का साहित्य उच्चकोटि का है। किरातार्जुनीय में तो भारवि ने शब्द वैचित्र्य के अद्‌भुत और उत्तम उदाहरण द्वारा संसार-भर को आर्य साहित्य से अवगत करा दिया। एक श्लोक में न के सिवाय और कोई अक्षर नहीं सिर्फ अन्त में त है, यथा

न नोननुन्नो नुन्नोनो नाना नानानना ननु।
नुन्नोऽनुन्नो ननुन्नेनो नानेनानुन्ननुनुत्।।

किरातार्जुनीय 15-14

आठवीं सदी में कविराज ने 'राघव-पांडवीय' ग्रंथ रचा। जिसके प्रत्येक श्लोक के दो अर्थ हैं, एक रामायण की कथा बतलाता है दूसरा महाभारत की। उदाहरण स्वरूप नीचे लिखे पद्य का अवलोकन कीजिए

नृपेण कन्यां जनकेन दित्सितामयोनिजांलम्भयितुं स्वयंवरो।
द्विजप्रकर्षेण स धर्मनन्दनः सहानुजस्तां भुवमप्यनीयत।।

इसी प्रकार वाल्मीकि एवं कालिदास की प्रसिद्धि से संसार में भला कौन अगवत नहीं है?

9. आर्यों ने ग्रहण देखने के लिए तुरीय यंत्र (दूरबीन) का आविष्कार किया था। शिल्प संहिता में लिखा है कि पहले मिट्‌टी को गलाकर काँच तैयार करें, फिर उसको साफ करके स्वच्छ काँच (लैन्स बनाकर) को बाँस या धातु की नली में (आदि, मध्य और अन्त) लगाकर फिर ग्रहणादि देखें। वेद में भी लिखा है कि चन्द्र की छाया से जब सूर्य ग्रहण हो तब तुरीययंत्र से आँख देखती है।

10. वेदों में ध्रुव प्रदेश में होने वाले छह-छह मास के दिन-रात का भी वर्णन है। ध्रुवों में छह मास का दिन व छह मास की रात्रि मालूम करना ज्योतिष और भूगोल के महान सूक्ष्म ज्ञान पर ही अवलंबित

है। पृथ्वी पर ऐसी कोई जगह न बची थी, जिससे आर्य अपरिचित हों। तभी तो आर्य साहित्य में लिखा है कि जिस समय लंका में सूर्य उदय होता है, उस समय यमकोटि नामक नगर में दोपहर, नीचे सिद्धपुरी में अस्तकाल और रोमक में दोपहर रात्रि रहती है। अतः रोबर्ट को उत्तरी ध्रुव का खोजकर्ता कहना गलत है।

11. ऐतरेय और गोपथ ब्राह्मण में लिखा है कि न सूर्य कभी अस्त होता है, न उदय होता है। वह सदैव बना रहता है, परन्तु जब पृथ्वी से छिप जाता है तब रात्रि हो जाती है और जब पृथ्वी आड़ से हट जाती है, तब दिन हो जाता है। ऐसी दशा में कौन कह सकता है कि खगोलिक भूगोल का सूक्ष्म ज्ञान आर्यों ने आविष्कृत नहीं किया।

12. वेद में लिखा है कि पृथ्वी सूर्य की परिक्रमा करती है और उसी सूर्य के आकर्षण के कारण अपने मार्ग से भटक नहीं सकती। 27 सूर्य की परिक्रमा पृथ्वी कितने दिनों में करती है, इसका उत्तर वेद इस प्रकार देता है

द्वादश प्रधयश्चक्रमेकं त्रीणि नभ्यानि क उतच्चिकेत।
तस्मिन् त्साकं त्रिशता न शंकवोऽर्पिताः षष्टिर्न चलाचलाशः।।

ऋग्वेद 1-164-48

भावार्थ : (चक्रम्) यहाँ वर्ष ही चक्र है, क्योंकि यह रथ के पहिया के समान क्रमणः अर्थात् पुनः-पुनः घूमता रहता है। उस चक्र में (द्वादश्प्रधयः) जैसे चक्र में 12 छोटी-छोटी अरे प्रधि = कीलें हैं। वैसे साल में बारह मास हैं। (त्रीणि़नभ्यानी) इसके (पृथ्वी के) परिक्रमण के दौरान कोई भाग सूर्य के नजदीक आने-दूर जाने से तीन ऋतुएँ होती हैं। (कः़उ़ततूचिकेत) इस तत्व को कौन जानता है। (तस्मिनूसाकमूशंकवः) उस वर्ष में कीलों सी (त्रिशता+षष्ठिः) 300 और 60 दिन (अर्पिता) स्थापित

हैं। (न+चलाचलाशः) वे 360 दिन रूप कीलें कभी विचलित होने वाली नहीं हैं। इससे यह सिद्ध होता है कि एक वर्ष में 360 दिन होते हैं।

13. सेन्ट्रीफ्यूगल पम्प का आविष्कार भी आर्यों ने किया था। कणाद मुनि कहते हैं कि नली से वायु निकाल देने पर जल ऊपर चढ़ता है। पानी निकालते जाइए पानी ऊपर चढ़ता जाएगा।

14. आर्यों के पास कम्पास भी था। कम्पास का सिद्धांत चुम्बक की सुई पर अवलंबित है। वैशेषिक में कणाद मुनि लिखते हैं कि मणिगमनंसूच्यभिसर्पणमदृष्टकारणम् अर्थात् चुम्बक की सुई की ओर लोहे के दौड़ने का कारण अदृष्ट है। यह लोह चुम्बक सुई के अस्तित्व का प्राचीनतम् प्रमाण है। इसी तरह अति प्राचीन हस्तलिखित शिल्पसंहिता जो गुजरात के अणहिलपुर के जैन पुस्तकालय में है। उसमें ध्रुव मत्स्य यंत्र बनाने की विधि स्पष्ट रूप से लिखी मिलती है, उसी शिल्पसंहिता में थर्मामीटर व बैरोमीटर बनाने की विधि लिखी हुई है। यहाँ लिखा है कि पारा, सूत और जल के योग से यह यंत्र बनता है। शिल्प संहिताकार कहते हैं कि इस यंत्र से ग्रीष्म आदि ऋतुओं का निर्णय होता है।

15. आर्यों ने समय जानने के लिए धूपघड़ी, जलघड़ी और बालूघड़ी का निर्माण भी कर लिया था। ज्योतिष ग्रंथों में लिखा है कि तोययंत्रकपाल धैर्मयूर नर वानरैः। ससूत्ररे वुगर्भैश्च सम्यकालं प्रसाधयेत् अर्थात् जलयंत्र से समय जाना जाता है अथवा मयूर नर और मानव आकृति के यंत्र बनाकर उनमें बालू भरने और एक और का रेणु सूत्र दूसरे में गिरने से भी समय जानने का यंत्र बन जाता है।

16. आर्यों ने स्वयंवह नामक वह यंत्र बना लिया था, जो गर्मी या सर्दी पाकर अमुक वेग से अपने आप चलने लगता था, जिसमें पारा भरा जाता था। जो तूफान या मॉनसून जानने का सर्वोत्तम यंत्र था।

17. ज्वार भाटा की बात आर्यों को ज्ञात थी। विष्णु पुराण में लिखा है कि यथार्थ में ज्वार भाटे से समुद्र का जल कम और अधिक नहीं हो जाता। प्रत्युत अग्नि में थाली पर जल रखने से जिस प्रकार वह उमड़ पड़ता है उसी प्रकार चन्द्रमा के आकर्षण से ज्वार भाटा होता है। अतः विलियम वेवल ज्वार भाटा सिद्धांत के जनक नहीं हैं।

18. बीजापुर के संस्कृत पुस्तकालय में सुरक्षित संस्कृत की एक प्राचीन पुस्तक में वायरलेस बनाने का वर्णन है, तभी तो शुक्रनीति में लिखा है कि राजा एक दिन में दस कोस तक की बात जाने। उपरोक्त पुस्तक में ऐसे मसाले बनाने की विधि का वर्णन भी है, जिसके उपयोग से मृत शरीर हजारों वर्ष अविकृत अवस्था में रह सकता है।

19. पुराने जमाने में ऐसा यंत्र भी बनाया जाता था, जो आदमी की भाँति बोलता था। विक्रमादित्य के सिंहासन की पुतलियाँ बराबर बोलती थीं। रावण ने एक कृत्रिम सीता बनाई थी, जो राम का नाम लेकर रोती थी। अतः रोबोट भी पुराने जमाने में बनाए जाते थे।

20. आधुनिक विज्ञान बताता है कि सूर्य आकाश गंगा के अक्षीय परिक्रमा करता है। यह बात यजुर्वेद में इस प्रकार लिखी है – सूर्य वर्षा आदि का कर्ता प्रकाशमान तेजोमय सब प्राणियों में अमृत रूप वृष्टि (किरणें) द्वारा प्रवेश (विटामिन डी आदि) करा और मूर्तिमान सब द्रव्यों को दिखाता हुआ सब लोकों के साथ आकर्षण गुण से अपनी परिधि में घूमता है, किन्तु किसी लोक (पृथ्वी आदि दस ग्रह) के चारों ओर नहीं घूमता।

21. कहते हैं कि वेदों में भूत-प्रेतों की कथाएँ हैं? लेकिन यह झूठा आरोप है, क्योंकि एक स्थान पर लिखा है कि जब गुरु का प्राणांत हो,

तब मृतक शरीर जिसका नाम प्रेत है, उसका दाह करने वाला शिष्य प्रेतहार अर्थात् मृतक को उठाने वालों के साथ दसवें दिन शुद्ध होता है। दाह होने के बाद उसका नाम भूत है। अतः जो बीत गया उसी का नाम भूत है।

22. किसी भी वैदिक साहित्य में पशुबलि या नरबलि का विधान नहीं है, वेदानुसार अश्वमेध यज्ञ उसे कहते हैं जो राजा धर्म से पालन करे, न्याय के साथ राष्ट्र में स्थिरता कायम करे। विद्या आदि प्रदान करना और जनकल्याण के लिए होम करना ही अश्वमेध है। कृषि कर्म करना, इंद्रियों, पृथ्वी आदि को पवित्र रखना गोमेध यज्ञ कहलाता है। यज्ञ तो हिंसारहित होता है।

23. एक्सबायोलॉजी अभिधारणा के बारे में वेद कहता है कि जिस प्रकार सूर्य, चन्द्र आदि इस लोक में हैं, अन्य लोक में भी हैं। यह आर्यों को भली-भाँति विदित है कि अर्जुन महाभारत काल में मंगल ग्रह पर गया था। अन्य लोक जहाँ पर जीवन है, जलवायु व वातावरण के अनुसार प्राणियों के संग, रूप व भाषा में अन्तर हो सकता है।

24. वेद का प्रत्येक शब्द यौगिक है। जैसे कुरान में अकबर का नाम होने से कुरान को मुगल बादशाह अकबर के बाद का नहीं माना जा सकता। इसी प्रकार कृष्ण, अर्जुन, भारद्वाज आदि नाम वेदों में होने से उनको वेद से पहले नहीं माना जा सकता। वेदों के शब्द पहले के और मनुष्यों के बाद के हैं। यौगिक अर्थ की एक झलक इस प्रकार है

भारद्वाज=मन, अर्जुन=चन्द्रमा, कृष्ण=रात्रि।

25. वैदिक साहित्य में श्रद्धा से किए गए काम, सेवा या श्रद्धापूर्वक दान का नाम श्राद्ध लिखा है, मुर्दों का नहीं। माता-पिता आदि देवगण

ही जीवित पितर हैं उनकी सेवा ही श्राद्ध व तर्पण हैं। मरे हुए का श्राद्ध नहीं हो सकता, क्योंकि व्यक्ति मरकर नया जन्म ले लेता है।

26. आर्यों की अभिधारणा थी कि परमात्मा एक है, जो इस जग के कण-कण में व्याप्त है। जिसे विद्वान लोग अनेक गुणवाचक नामों से पुकारते हैं। इसलिए उसकी कोई मूर्ति नहीं।

27. भारतीय संस्कृति के विकास में वैदिक आर्यों की विशेष देन सहिष्णुता और सामंजस्य की भावना, ज्ञान-विज्ञान का विकास, तपोवन पद्धति, वर्णव्यवस्था और नारियों की प्रतिष्ठा थी। पुत्रियों का उपनयन संस्कार भी होता था, वे ब्रह्मचर्यवर्ती भी होती थीं। उन्हें यज्ञ करने का अधिकार था।

28. हड़प्पा आर्यों की विकृत संस्कृति थी। हड़प्पा के नगरों का नियोजन और वास्तुशिल्प उच्चकोटि के ज्यामिति शास्त्र का प्रतिफल है, जिस प्रमेय को पाइथागोरस का प्रमेय कहा जाता है, उसका उल्लेख पाइथागोरस से दो हजार वर्ष पूर्व बौधायन ने अपने सुलभ सूत्र में कर दिया था। पाइथागोरस ने वह प्रमेय भारत में पढ़ी थी। गाल्टन साहब का कथन है कि आजकल के यूरोपीय लोग ज्ञान के मामले में यूनानियों के सामने हबशियों के समान हैं, तो प्रश्न यह है कि भारतीयों के सामने यूनानियों का दर्जा क्या था? डॉ. ऑफील्ड लिखते कि 'भारतवर्ष' में शिक्षा प्राप्त करने के लिए पाइथागोरस, अनकसागोरस, पिरहो और अन्य बहुत से महाशय आए जो बाद में यूनान में प्रसिद्ध वैज्ञानिक बनें।

29. चिकित्सा शास्त्र के जनक आर्य ही हैं। वर्तमान यूरोपीय चिकित्सा शास्त्र का आधार भी आयुर्वेद है। लार्ड एन्पिथल ने एक भाषण में

कहा था कि मुझे यह निश्चय है कि आयुर्वेद भारत से अरब में और वहाँ से यूरोप में गया। भोज प्रबंध में बेहोश कर शल्यकर्म करने का उल्लेख है। ऋग्वेद में असली बाहु कट जाने पर कृत्रिम बाहु लगाते हुए देव का वर्णन आया है। ऋग्वेद में कटा हुआ सिर भी शल्य चिकित्सा से जोड़ने का विधान है। प्राचीन काल में मृत व्यक्ति की आँखें निकालकर चक्षुहीन को लगाई जाती थी। शरीर की टूटी-फूटी कोशिकाओं की मरम्मत करके युवा अवस्था को काफी समय तक बरकरार रखा जाता था। च्यवन ऋषि को तो वृद्धावस्था से युवावस्था प्राप्त हो गई थी।

च्यवनप्राश क्या आर्युवर्धक (रीजनरेटिव) औषधि आज नहीं है? ऋग्वेद

में मानव शरीर का पंचभूतों से बनने का उल्लेख एवं एक हजार औषधियों का वर्णन है। ऋषि-मुनियों के अनुसार, अथर्ववेद को वेद में भेषजा कहा गया है इससे बड़ा साक्ष्य वेदों में औषधियों के वर्णन का और क्या होगा? अथर्ववेद में रोगों के नाम एवं उनके लक्षणों तक का ही नहीं, बल्कि मनुष्य की शरीर की 206 हड्डियों का वर्णन तक है। वेदों में जर्म थ्योरी पाई जाती है। प्रो. मैकडानल ने लिखा है कि ऋग्वेद तथा अथर्ववेद में अदृष्ट शब्द एक प्रकार के कृमियों के लिए आया है। वेद मंत्रों में सूर्य को ऐसे कृमियों का नाशक कहा गया है, अथर्ववेद में तो दृष्ट तथा अदृष्ट कृमियों (भूत-प्रेतों) का विस्तृत वर्णन है। वात्स्यायन प्रणीत कामसूत्र में रज व वीर्य का वैज्ञानिक विधि से विस्तृत वर्णन है। अथर्ववेद में 15 प्रकार की शल्य चिकित्सा का वर्णन है।

30. प्राचीन आर्य कृत्रिम दांतों का बनाना और लगाना तथा कृत्रिम नाक बनाकर सीना भी जानते थे। दांत उखाड़ने के लिए एनीपद शस्त्र का वर्णन मिलता है। मोतियाबिन्द (कैटेरेक्ट) के निकालने के लिए भी शस्त्र था। बाग्भट्ट ने शल्यकर्मों के यंत्रों की संख्या 115 लिखी है। प्राचीन काल में आर्य सूक्ष्म ऑपरेशन करते थे। कटी हुई नाक को जोड़ने की विधि यूरोपियनों ने भारतीयों से सीखी।

31. वनस्पति शास्त्र के जनक भी आर्य ही हैं। हंसदेव का मृगपक्षी शास्त्र वनस्पति विज्ञान का प्रामाणिक ग्रंथ है। बागों में कृत्रिम झरने लगाए जाते थे। समरांगणसूत्रधार में तो लिफ्ट का भी जिक्र है। वेद कहता है कि लता तथा पेड़ों के पत्ते दोनों वर्णों (सूर्य का लाल व भूमि का रस कृष्ण वर्ण) के मेल से हरे बनते हैं।

32. 10 आषाढ़ शुदि 1932 वि. को अपने एक प्रवचन में स्वामी दयानंद सरस्वती ने कहा था कि प्राचीन काल में दरिद्रों के घर में भी विमान थे। उपरिचर नामक राजा सदा हवा में ही फिरा करता था, पहले के

लोगों को विमान रचने की विद्या भली प्रकार विदित थी। ए. ओ. ह्यूम जिन्होंने बाद में भारतीय कांग्रेस की स्थापना की, उन्होंने स्वामी जी का उपहास करते हुए कहा, 'व्यक्ति का उड़ना गुब्बारों तक ही सीमित रह सकता है। यान बनाकर तो केवल सपनों में ही उड़ा जा सकता है।' लेकिन जब विमान का आविष्कार हुआ तो ह्यूम साहब ने बाद में उदयपुर में दयानंद के उत्तराधिकारी श्रद्धानंद जी से अपने उपहास के लिए क्षमा माँगी थी।

महाराज भोज के समय 'महाविहङ्ग' नामक लकड़ी से वायुयान बनाया जाता था, जिसमें रस यंत्र (ईंधन पदार्थ) तथा आग से भरा ज्वलनाधार (इंजन का भाग) होता था, जो पारे की गति से दौड़ता था। अथर्ववेद में वायुमार्ग से यात्रा करने का वर्णन है। ऋग्वेद में वायुयान के बारे में कहा गया है कि जो आकाश में पक्षियों के उड़ने की स्थिति को जानता है, वह आकाश की नाव विमान को जानता है। गयाचिंतामणि ग्रंथ में मयूर की आकृति के विमान का वर्णन है। शाल्व का विमान भूमि, आकाश, जल, पहाड़ पर आसानी से चलता था। वाल्मीकि रामायण में पुष्पक विमान का वर्णन है। विमानों के अभियंता बौद्धकाल तक मौजूद थे। बौधिराज कुमार के महल के कारावास से एक अभियंता विमान द्वारा भाग गया था। यजुर्वेद में विमानों के अंगों का वर्णन है।

विमानों से संबंध रखने वाली एक प्राचीन पुस्तक अंशुबोधिनी है, इसके लेखक भारद्वाज ऋषि हैं। इस पुस्तक के विमान अधिकरण में आए हुए भारद्वाज ऋषि के 'शक्त्युद्मोघष्टौ' सूत्र पर बौधायन ऋषि की वृत्ति इस प्रकार है –

शकत्युद्गमो भूतवाहो धूमयानशिशखोद्गम।
अंशुवाहस्तारामुखो मणिवाहो मरूत्सखः।।
इत्यष्टकाधि करणे वर्णाण्युक्तानि शास्त्रातः।।

इन श्लोकों में विमान की रचना और उनकी आकाश संचारी गति के आठ विभाग इस प्रकार है – 'शक्त्युद्गम' – बिजली से चार्ज करके चलने वाले, 'भूतवाह' – अग्नि, जल और वायु से चलने वाले, 'तारामुख' – उल्कारस (चुम्बक से चलने वाला), 'मणिवाह' – सूर्यकांत, चन्द्रकांत आदि मणियों से चलने वाला और 'मरूत्सखा' केवल वायु से चलने वाला।

33. तोप (शतघ्नी), बन्दूक (भुशुण्ड़ी) तथा बारूद का आविष्कार भी आर्यों ने किया। इनके बनाने की विस्तारपूर्वक विधि शुक्रनीति के अध्याय चार में लिखी है। तोप आदि विद्या आर्यावर्त देश से मिस्र वालों, उनसे यूनान, उनसे रोम, फिर यूरोप तथा यूरोप से आदि देशों में फैली।

वैशाली के युद्ध में अजातशत्रु ने महाशिलाकंटक और रथमूसल नामक युद्धास्त्रों का प्रयोग किया था। महाशिलाकंटक एक ऐसा यंत्र था, जिसके द्वारा शत्रुओं पर बड़े-बड़े शिलाखंड बरसाए जाते थे। रथमूसल रथ के प्रकार का यंत्र था, जो अश्व व सारथी रहित होता था, जिसे रिमोट कंट्रोल द्वारा परिचालित किया जाता था। यह रथ चक्कर काटता हुआ अपने मूसलों से शत्रु को काट गिराता था।

प्राचीन इतिहासकार प्रो. हेमचंद राय चौधरी ने रथमूसलों की वर्तमान युग में टैंकों से तुलना की है। अथर्ववेद में धनुष, बन्दूक के छर्रे (गोली) ढाल, तोप आदि का स्पष्ट उल्लेख है। शत्रु को सीसे की गोली मारने का भी वर्णन लिखा है।

34. आर्यों का संगीत शास्त्र बहुत उन्नत था। संगीत में गान, वाद्य और नृत्य का समावेश होता था। सामवेद का एक भाग गान है, जो सामगान के नाम से प्रसिद्ध है। देवगिरि के राजा सिंघण के दरबार के गायनाचार्य सांगदेव ने अपनी रचना संगीत रत्नाकर में प्राचीन संगीत के विद्वानों की सूची में सदाशिव, शिव, ब्रह्मा, भरत, कश्यम,

मतंग, याष्टिक, दुर्गा, शक्ति, नारद, तुम्बुरू विशाखिल, रम्भा, रावण, क्षेत्रपाल आदि का उल्लेख किया है। सोंग संगीत का अपभ्रंश है।

35. राजनीति में कौटल्य का अर्थशास्त्र, महाभारत का शांतिपर्व एवं कानून में मनुस्मृति मान्यता प्राप्त प्रामाणिक ग्रंथ हैं। सर विलियम जोंस ने लिखा है कि किसी समय मनुस्मृति यूनान, मिस्र आदि देशों में भी प्रचलित थी।

36. चित्रकला के जनक आर्य ही हैं। पहाड़ों को खोदकर सुंदर गुफाएँ बनाई जाती थीं। उन सुंदर विशाल गुफाओं पर रंगीन चित्र बनाए जाते थे। भारत में इस प्रकार की चार गुफाएँ आज भी संसार को आश्चर्यचकित कर रही हैं। अजंता (जिला औरंगाबाद), हैदराबाद की गुफाएँ विश्व प्रसिद्ध हैं। अजन्ता के भित्ति चित्रों को देखकर आज संपूर्ण संसार आश्चर्यचकित है। रायगढ़ की गुफाएँ क्या कम आश्चर्य हैं? हजारों वर्ष पुरानी एक गुफा में तो एलियन और उड़न तश्तरी भी दिखाई गई है।

37. वास्तुशास्त्र के जनक आर्य ही हैं। अथर्ववेद के कांड 9 के तीसरे सूक्त में महाभवनों के निर्माण का वर्णन है। ऋग्वेद में पत्थर के बने सैकड़ों नगरों के अलावा लोहे की नगरियों का भी सुंदर वर्णन है, जिससे पता लगता है कि प्राचीन आर्य जंगलों में रहने वाले असभ्य व जंगली नहीं थे। वे बड़े-बड़े सुंदर और मजबूत घर बनाते थे।

38. वेदकालीन आर्य वस्त्रों का निर्माण करना भी जानते थे। घर में स्त्रियाँ वस्त्र बुनकर उनमें सुंदर और मजबूत किनारियाँ काढ़ा करती थीं। वैन्स ने लिखा है कि ढाके का बना हुआ कपड़ा देखने से मालूम होता है, जैसे देवताओं ने बनाया है। सर टामस मुनरो लिखता है कि एक भारतीय शाल को सात वर्ष तक ओढ़ने के बाद भी उसमें कोई परिवर्तन नहीं हुआ। औरंगजेब के काल तक अंगूठीभर में ढाके

की मलमल के थान छिपाए जा सकते थे, लेकिन अब यह कला भी उसी प्रकार समाप्त हो गई, जैसे वायुयान बनाने की भारतीय पद्धति बौद्धकाल में समाप्त हो गई थी।

39. पाश्चात्य विद्वान मानते हैं कि सबसे पहले 17वीं शताब्दी में उल्का व पुंछल तारों का ज्ञान वैज्ञानिकों ने खोजा। लेकिन उल्का के बारे में अथर्ववेद में लिखा है कि भूचाल वाली पृथ्वी की ओर उल्का आकर पृथ्वी की रगड़ से कुचलने पर हमारे लिए शांतिदायक हो। वेद कहता है कि धूमकेतु भी हमारे लिए कल्याणकारी हों। यहाँ प्रश्न उठता है कि उल्का व धूमकेतु के कल्याणकारी होने की प्रार्थना की गई है? उल्का और उल्काश्व (धूमकेतु) अंतरिक्ष में परिभ्रमण करते समय धूल और गैस पिण्ड सहित जब पृथ्वी के पास से गुजरते हैं, तो पृथ्वी के गुरुत्वाकर्षण के कारण तेजी से पृथ्वी की ओर आते हैं और पृथ्वी के वायुमंडल में आकर घर्षण से चमकने लग जाते हैं। कुछ उल्का जलकर राख के रूप में तथा कुछ चट्टानों के रूप में पृथ्वी पर आकर गिरते हैं, जिनसे भय व दुर्घटना की आशंका होती है। अतः वेद में कल्याण की प्रार्थना की गई है।

40. शहबाजगढ़ी में एक पत्थर पर प्राचीन काल का बना हुआ रेल जैसे वाहन का चित्र है। अथर्ववेद के एक मंत्र में भी रेल के संबंध में लिखा है कि रथ कुप्स द्वारा सैकड़ों मनुष्यों को ले जाया जाता है। यजुर्वेद में विद्युत की दीप्ति से चमकने वाले व वायु के वेग से चलने वाले वाहन (मोटर) का वर्णन है।

जब दुनियाभर में फैली हमारी संस्कृति

बच्चो, हमारी वैदिक संस्कृति कभी दुनिया भर में फैल गई थी और सारी दुनिया वेदों और वैदिक संस्कृति के आगे नतमस्तक हो गई थी। इसकी अब हम चर्चा करेंगे।

महाभारत के बाद सुदूर पूर्व के देशों में भारतीय संस्कृति का पुनर्प्रवेश सर्वप्रथम मलाया में हुआ था, जहाँ से दक्षिण तथा पश्चिम की ओर बढ़ा। मलाया का सबसे प्राचीन आर्य राज्य लंग-या-सु के नाम से प्रसिद्ध था। जिसका उल्लेख लिआंग वंश के इतिहास विक्रमी 559-613 में मिलता है। इस ग्रंथ के अनुसार इस राज्य की स्थापना उक्त ग्रंथ लेखन काल से 400 वर्ष पूर्व हुई थी। वहाँ का राजा भारतीय सम्राट को आदर की दृष्टि से देखता था और वहाँ संस्कृत भाषा प्रचलित थी। शैलेन्द्र वंश के शासकों ने चम्पा और काम्बोज पर अधिकार किया। कंबोडिया के उत्तर में स्थिति काम्बोज को भारतीयों ने धर्मशास्त्र पर आधारित राज्य बना दिया था। जावा में भी वैदिक धर्म का पुनर्प्रचार हुआ। कुछ समय के लिए जावा शैलेन्द्र राजाओं के अधिकार में आया। वर नरेन्द्र (391-407 वि.संवत) आदर्श वैदिक शासक थे। बाद में जावा के महाराजा शैव मतावलंबी हुए। तत्पश्चात् महाराजा संजय ने चंडी कलशन के देवालय का निर्माण कराया था। कश्मीर के एक राजकुमार गुणवर्मन ने 5वीं शताब्दी में जावा की यात्रा की थी। जावा पर भारतीयों ने धनधान्य के लिए अधिकार किया था,

क्योंकि जावा में सोने की काफी खानें थीं। कौण्डिन्य नामक ब्राह्मण बहुत से योद्धाओं के साथ सुवर्ण भूमि (फुनान) पहुँचा था, उसने वहाँ अपना राज्य स्थापित किया। उसके बहुत से शिष्य हो गए थे और वह ऋषि की तरह रहते थे। कौण्डिन्य के वंशजों ने बहुत दिनों तक शासन किया तथा वहाँ वैदिक संस्कृति एवं सभ्यता का खूब प्रचार किया।

काम्बोज में वैदिक धर्मावलंबी नरेशों का शासन 1128 विक्रमी संवत तक रहा। श्याम के बौद्ध नरेश ऊ तांग ने अपनी नई राजधानी का नाम द्वारावती श्री अयोध्या रखा था और उन्होंने अपने नियमों-कानूनों का परिवर्तन मनु स्मृति के आधार पर किया था, जो श्याम के दक्षिण भाग में 19वीं शताब्दी तक प्रचलित रहे। ब्रह्मदेश की विधि संहिताओं के सूत्र भी संस्कृत धर्म शास्त्रों से ही लिए गए थे। सुदूरपूर्व के अनेक देशों में प्राचीन काल में संस्कृत ही राजभाषा रही थी। कंबोडिया में सूर्य वर्मा द्वितीय द्वारा निर्मित अंकोरवाट का मंदिर आज भी आर्यों की विजय गाथा सुना रहा है।

इसी तरह भारत के उत्तर-पश्चिम देशों में भारत की संस्कृति व राजशाही जा पहुँची। अल् उमारी ने लिखा है कि एक वैदिक सम्राट ने बगदाद में नव बिहार स्थापित किया था। इस्लाम के उद्भव के बाद उस बिहार के धर्म शासक ही इराक के राजा या शासक बने। नव बिहार आजकल नव बहार के नाम से जाना जाता है। खोचन, कुचि, तुर्फान, शैल देश आदि राज्यों में भारत के धर्म प्रचारकों ने महाभारत के बाद भारतीय संस्कृति एवं संस्कृत का पुनर्प्रचार किया। ईरान के वैदिक सम्राट दारा के प्राचीनतम शिलालेखों में कुशावती या कुशद्वीप में भारतवंशियों के राज्य का वर्णन है। इसी कुशद्वीप की नील नदी का वर्णन जो पुराणों में दिया हुआ है, उसको आधार मानकर जे. एच. स्पीक ने नील नदी के उद्गम स्थल का पता लगाया था और उन्होंने अपनी 'नील नदी के उद्गम की खोज' नामक पुस्तक में पुराण वर्णित भौगोलिक वर्णन की प्रामाणिकता की सराहना की है। मैक्सिको की मय जाति की सभ्यता की भारतीय संस्कृति के साथ समानता की पर्याप्त चर्चा विद्वानों में हुई है। लम्पस्कस (मिस्र) नामक स्थान से प्राप्त चाँदी की थाली पर हाथी दांत के पायों के आसन पर बैठी हुई भारत माता का चित्र उत्कीर्ण है, जो लगभग दो सहस्र

वर्ष प्राचीन है। खोतन का प्राचीन नाम कुस्तन, फरगने का प्रकण्व था। सरहद के गिरिगहरों में बसने वाले आयुधजीवी, आफरीदी (आप्रीताः) और मोहमन्दों (मधुमन्त) के नाम पाणिनी व महाभारत में विद्यमान हैं। पठानों का नामकरण भी ऋग्वेद के पक्थ के आधार पर हुआ। जो आर्य 'हमीर' कहे जाते थे, इस्लामीकरण के बाद वही अमीर कहे गए।

इंडोनेशिया कभी भारत का ही अभिन्न अंग रहा है। इसके प्रभाव आज तक देखे जा सकते हैं। इंडोनेशिया आज भले ही मुस्लिम राष्ट्र हो, लेकिन वैदिक संस्कृति और पौराणिक पात्रों का उनके हृदय में आज भी सम्मान है।

इंडोनेशिया की राजधानी जकार्ता की गगनचुंबी इमारतों के बीच जगह-जगह हनुमान, कृष्ण, अर्जुन और राम की भव्य मूर्तियाँ स्थापित करने से न तो इस्लाम खतरे में पड़ता है और न ही धर्मनिरपेक्षता पर कोई आंच आती है। बानडुंग के एशियाई अफ्रीकी शिखर सम्मेलन की स्वर्ण जयंती के अवसर पर तत्कालीन भारतीय प्रधानमंत्री मनमोहन सिंह के साथ वहाँ गए भारतीय पत्रकार और अन्य लोग हवाई अड्डे से होटल जाते समय जकार्ता की सड़कों पर हनुमान, कृष्ण अर्जुन आदि की मूर्तियाँ देखकर आश्चर्यचकित रह गए। बाद में होटल में अपने डॉलर भुनाने पर बदले में मिली इंडोनेशियाई मुद्रा पर गणेश की छवि अंकित देख उनकी हैरत का ठिकाना नहीं रहा। इंडोशियाई मुद्रा को रुपया ही कहा जाता है। यही नहीं वहाँ बोली जाने वाली भाषा का नाम भी 'भाषा' है।

हैरत की बात यह भी है कि केवल तीन प्रतिशत हिन्दू और 88 प्रतिशत मुस्लिम आबादी वाले इंडोनेशिया में राम, कृष्ण और गणेश आदि की मूर्तियाँ प्राचीन नहीं हैं, बल्कि दस-पंद्रह साल पहले ही राजधानी जकार्ता को नए सिरे से बसाने के दौरान स्थापित की गई हैं। इंडोनेशिया विश्व का सबसे अधिक मुस्लिम आबादी वाला देश है और वहाँ 20

करोड़ से ज्यादा लोग इस्लाम धर्म के अनुयायी हैं। इंडोनेशियाई समाज में रामायण और महाभारत के इन पात्रों का कितना गहरा असर है वह इस एक तथ्य से ही उजागर हो जाता है कि ये सभी मूर्तियाँ शहर के सबसे महत्वपूर्ण स्थलों पर स्थापित की गई हैं। मसलन इंडोनेशिया की सबसे श्रद्धेय स्थली मैदान मर्देका यानी स्वतंत्रता मैदान में सोलह घोड़ों वाला 20 मीटर से अधिक लंबा खूबसूरत अर्जुन रथ स्थापित है, जिसके सारथी श्रीकृष्ण हैं। अर्जुन रथ को इंडोनेशियाई लोग 'अर्जुन विजया' कहते हैं। वहाँ के संस्कृति मंत्रालय के एक अधिकारी से जब स्वतंत्रता मैदान में अर्जुन रथ स्थापित करने का कारण पूछा, तो उन्होंने कहा कि अर्जुन विजया का इससे अधिक उपयुक्त स्थान और कहाँ हो सकता है। यह विजय का प्रतीक है और डचों पर हमारी विजय के प्रतीक के रूप में इसे स्वतंत्रता मैदान में स्थापित किया गया है। इसी तरह तेरह मीटर ऊँची हनुमान की मूर्ति पंद्रह साल पहले जकार्ता में बने फ्लाई ओवरों के एक झुरमुट के बीच से उड़ने जैसा आभास देती है। अधिकारी ने बताया कि हनुमान उड़ सकने के प्रतीक हैं और उन्हें हमारे फ्लाई ओवरों के इस जाल के बीच से उड़ते हुए इसीलिए दिखाया गया है कि ये फ्लाई ओवर भी उड़ने का आभास देते हैं।

इंडोनेशिया के स्टेट बैंक का नाम 'मंदिरा बैंक' है और उसके आधुनिक मुख्यालय के सामने वाले चौराहे पर गणेशजी की मूर्ति विराजमान है। आधुनिक जकार्ता में जगह-जगह रामायण और महाभारत के नायकों की मूर्तियाँ स्थापित किए जाने के बारे में पूछे जाने पर इंडोनेशियाई संस्कृति विभाग के अधिकारी ने बताया कि डच शासन के दौरान समाज पर पश्चिमी संस्कृति काफी हावी हो गई थी। आजादी के कुछ सालों बाद उस पश्चिमी प्रभाव को समाप्त करने के लिए तत्कालीन राष्ट्रपति सुकर्ण ने 'जड़ों की ओर लौटो' आंदोलन शुरू किया। अधिकारी ने बताया कि

इंडोनेशिया की जड़ें तो उसकी प्राचीन हिन्दू संस्कृति में ही वास करती हैं, इसीलिए आधुनिक इंडोनेशिया को उसकी प्राचीन पहचान देने के लिए रामायण और महाभारत के नायकों को चुना गया। इंडोनेशिया में पाँचवीं शताब्दी से लेकर 12वीं शताब्दी तक हिन्दू राजवंशों का शासन रहा है। पाँचवीं से आठवीं शताब्दी तक इंडोनेशिया में तारूमानगारा और श्रीविजया नामक हिन्दू राजवंशों का शासन रहा।

आठवीं से दसवीं शताब्दी में मजापाहित राजवंश का और उसके बाद बारहवीं शताब्दी तक पाजाजारान हिन्दू राजवंश का। इस दौरान हिन्दू संस्कृति देशवासियों में इतने गहरे तक रच बस गई कि बारहवीं शताब्दी में अरबों के संपर्क में आने के बाद वहाँ की अधिकतर आबादी द्वारा इस्लाम कबूल कर लिए जाने पर भी संस्कृति हिन्दू ही रही। मुस्लिम धर्म अपनाने के बावजूद इंडोनेशियाई लोगों ने अरबी या फारसी नाम नहीं अपनाए। उनके नामों में अभी भी संस्कृत का वर्चस्व है और वे हिन्दू होने का आभास देते हैं। उदाहरण के तौर पर उनके अब तक के पाँच राष्ट्रपतियों में से चार के हिन्दू नाम हैं, जैसे सुकर्ण, सुहार्तो, मेघावती और सुसील बामबांग युद्धोयोनो ये सभी मुस्लिम हैं।

क्यों हुए थे हम गुलाम?

बच्चो! तुमने पढ़ा होगा कि भारत को महात्मा गांधी और अन्य बहुत से देशभक्तों ने आजाद करवाया, क्योंकि देश गुलाम था। अब तुम सवाल कर सकते हो कि जब हमारी वैदिक संस्कृति इतनी महान थी तो फिर हमारा देश गुलाम क्यों हुआ था? अब हम आगे इसी शंका का समाधान करेंगे कि भारत में क्रांतिकारी आंदोलन की आवश्यकता क्यों पड़ी? इसका सरल सा उत्तर है कि पराधीनता से मुक्ति पाने के लिए। अन्याय, शोषण और भ्रष्टाचार का सर्वनाश करने के लिए, क्योंकि विदेशी शासन की यही तीन प्रमुख देन हुआ करती है। लेकिन प्रश्न यह भी उत्पन्न होता है कि जब समस्त ज्ञान-विज्ञान का जनक भारत ही था, सारी सुख-सुविधाएँ और साधन यहाँ उपस्थित थे, तो फिर भारत आखिर पराधीन हुआ कैसे? इस अध्याय में इस अनुत्तरित जिज्ञासा को ही शांत करने का प्रयास किया जाएगा। भारत की पराधीनता या यूँ कहें कि आर्यों की अवनति के कारण इस प्रकार हैं –

आर्यों की बहिष्कृत नीति

बच्चो! तुमने हुक्का पानी गिराने की कहावत तो सुनी ही होगी। भाषा की दृष्टि से इसे बहिष्कृत नीति कहा जाता है। दरअसल, जो लोग वेदभ्रष्ट यानी कि वेदों के रास्ते का त्याग कर देते थे, उनको सपरिवार या एकाकी

रूप से आर्य धर्म से निष्कासित कर दिया जाता था। यही नीति आर्यों की बहिष्कृत नीति थी। प्राचीन आर्य लोभी और बेईमान वणिक को पणिक कहकर दक्षिणारण्य में बहिष्कृत कर देते थे। ऐसे बहुत से आर्य बहिष्कृत होकर दक्षिण प्रांत में जा बसे, बहुत से भारत के पश्चिम, उत्तर, पूर्वी सीमा प्रांतों में जा बसे। आर्य से अनार्य बने ये लोग सशक्त होकर कई बार आर्यों से लड़े भी। आस्ट्रेलिया, दक्षिण भारत में ये लोग आंध्र कहलाए, मिस्र में जाकर यह लोग झल्ल (जुलु) हो गए। नट, कंजर, बेड़िया बनजारा आदि जातियाँ इन्हीं अनार्यों से विकसित हुई हैं। इनमें फिर रोटी-बेटी के संबंध स्थापित हुए, लेकिन ये लोग वेद ज्ञान से वंचित हो गए।

सगर ने अपने पिता के शत्रुओं का समूल नाश करके शक, यवन, काम्बोज, चोल, केरल आदि जातियों को वशिष्ठ के कहने पर वेदभ्रष्ट करके दक्षिणारण्य में भेज दिया था। इस प्रकार बहिष्कृत होकर आर्यों के बहुत से परिवार पृथ्वी के भिन्न-भिन्न हिस्सों में जा बसे तथा वहाँ के मूल अनार्यों (जो जल प्रलय होने से वैदिक सभ्यता से विच्छिन्न/बहिष्कृत थे) से रोटी-बेटी के संबंध स्थापित करके दस्यु-दास, राक्षस, असुर, महर्षि, वानर, नाग, द्रविड़, पारद, खस, पहलव, चीनी, किरात, झल्ल, मल्ल दरद आदि जातियों में मिल गए या परिवर्तित हो गए और वैदिक पुरोहित के अभाव में क्रियाहीन होने से पतित हो गए।

वैदिक सभ्यता के मूल से भिन्न होने पर वाममार्ग की अवधारणा निर्मित हुई। इसी वाममार्ग से शैवमत का विकास हुआ। संपूर्ण अरब भी शैवमत का अनुयायी हो गया था। जब महात्मा बुद्ध की मूर्तियाँ पूजी जाने लगी तो अरब में इसी के अनुकरण पर अनेक देवी-देवताओं की पूजा शुरू हुई। बुद्ध का अपभ्रंश अरब में जाकर बुत हो गया। लेकिन कालांतर में जब मोहम्मद ने प्राचीन सभ्यतानुसार निराकार ईश्वर की कल्पना को सत्य मान करके काव्य शुक्र (काबा) मंदिर की सभी मूर्तियों को तोड़ दिया,

तब भी उन पर शैव मत का प्रभाव छाया रहा। अतः उसने वहाँ शिवलिंग स्थापित किया। जिसे आज-कल मुसलमान हज के यात्री 'संगे अवसद' कहते हैं तथा अपने पाप धोने के लिए चूमते हैं। जैसे उत्तर भारत में नमस्ते के स्थान पर अभिवादन में राम-राम, जय सियाराम, हरे कृष्ण हरे राम कहा जाता है, तब (प्राचीन काल में) मखःमेदीनी (यज्ञ भूमि) यानी मक्का-मदीना में 'ईशालयम् बालकम' अभिवादन के रूप में कहने की प्रथा थी, जो बाद में अपभ्रंश होकर 'सलाम वालेकुम' हो गया। शेख भी ब्राह्मणों के योग से उत्पन्न जाति है। 'एष आत्मेति हो वाचै दतमतमभयमेतद् ब्रह्मैति' अर्थात् शरीर अमृत है, ब्रह्म है, आत्मा है, के आधार पर आप्रीताः (अफ्रीका), मिस्त्र, आसीरिया, बेबिलोनिया आदि देशों में आर्यों को अपने को ब्रह्म कहने की भावना जड़ पकड़ गई, जिसके आधार पर मृतकों को मसालों में संवारने, वस्त्राभूषणों से सजाने और ममी तथा पिरामिड बनाने की प्रथा चली।

सूर्यों को कुछ काल वनों में भी रहना पड़ा। स्वमूल आर्य सभ्यता से अनभिज्ञ हो जाने के कारण सूर्यवंशियों में सूर्य पूजा प्रचलित हुई। कोरिया, जापान के राजघराने आज भी अपने को सूर्यवंशी कहते हैं। मिस्त्र का दमित्र DAMETER या DAMIHA विष्णु है। पूर्व काल में इतिहासकार मिस्त्र को AEGYPT लिखते थे, जबकि आजकल EGYPT लिखा जाता है। इजिप्त संस्कृत के 'अजपति' शब्द का अपभ्रंश है। काहिरा' कायरो अर्थात् कौरव नगर का अपभ्रंश है। इजिप्त का देव SEB भारत का शिव ही है, उनका देव ISIS हमारा वैदिक उषस् एक ही है। Driuidmithraea निर्मित सूर्य देव की मूर्तियाँ और मित्र के मंदिर जिनको यूरोप में मिथराआ (Mithrae) कहते हैं ग्रीस, रोम, जर्मनी, यार्क व चेस्टर तक थे। स्केन्डीनेविया के गीता साइरस (Geeta Syrus) सूर्यवंशी थे। अरब में यारब Edom Erythous आदि नाम सूर्य ही के हैं। मूलतान (मूल स्थान) में सूर्य ने स्वयं तप (राज्य) किया था।

अगस्त, 1914 थियोसोफिस्टानुसार आस्ट्रेलिया वासी बहिष्कृत भारतीयों के वंशज हैं तथा उनकी पुनर्जन्म संबंधी अवधारणा भी आर्यों का होना सिद्ध करती है। आर्यः क्षत्रियों का अक्षय तूण शस्त्र उनके पास आज तक सुरक्षित है। जिसे बूमरांग कहते हैं, यह अपने शत्रु को मारकर मारने वाले के पास फिर वापस आ जाता है। डॉ. जान विल्सन ने लिखा है कि विद्यमान सारे दर्शनशास्त्री इस बात को मानते हैं कि अंग्रेज तथा आर्य एक ही स्रोत के लोग हैं।

नेग्रिटो और अमेरिका के रेड इण्डियन्स भी बहिष्कृत आर्य हैं, वे सूर्यवंशी हैं और पवित्र अग्नि को कभी बुझने नहीं देते। कुछ द्रविड़ बहिष्कृत आर्यों की संतान अवश्य थे, लेकिन अधिकांश द्रविड़ ज्ञानी व तपस्वी ही थे। दक्षिण भारत में आज कुछ जातियाँ अपने को द्रविड़ों की संतान समझते हैं, वास्तव में द्रविड़ उन ऋषि-मुनियों की संतान थे, जो आर्य धर्म का मार्गदर्शन करते थे। Indian Antiquities ग्रंथ के छठे खंड में संपादक महोदय ने यह निष्कर्ष निकाला है कि यूरोप खंड के ड्रुइड भारत से आए ब्राह्मण थे और भारत में वे ब्राह्मण द्रविड़ कहलाते थे।

विश्वामित्र आर्य राजा और ऋषि थे उनके एक सौ पुत्र (नागरिक) अत्यंत विश्वासपात्र थे, उनमें से पचास नागरिक अधिकारों का दुरुपयोग करते हुए दुष्ट हो गए और प्रजा को दुःख देने लगे। विश्वामित्र ने उनको अपने राज्य से निकाल दिया। उनके अधिकांश वंशज दस्यु, शबर आदि हो गए, लेकिन कुछ वंशज मार्गदर्शक बनकर द्रविड़ भी कहलाए।

यहाँ प्रश्न उठता है कि आर्यों की बहिष्कृत नीति पर विश्वास किया जाए तो यह प्रथा आज क्यों नहीं है? यह प्रथा तो आज भी कायम है। उत्तर भारत में धर्मभ्रष्ट लोगों का हुक्का पानी (बंद कर) गिरा दिया जाता है।

जब भारत विभाजन के बाद पाकिस्तान से हिन्दू शरणार्थी आए और

उन्होंने खाली पड़ी मस्जिदों व मुस्लिम घरों में आश्रय लिया तो नेताओं ने उस समय सत्ता प्रभाव से निराश्रित शरणार्थियों के कुटुम्ब के कुटुम्ब मस्जिदों से सर्दी के मारे काँपते हुए निकलवा दिए। भयंकर वर्षा व सर्दी से शरणार्थी काँप रहे थे, उन्हें आश्रय स्थलों से निकाल दिया गया, खाली पड़ी मजिस्दों से हिन्दुओं को निकाल दिया गया उनमें से बहुत से हिन्दू पाकिस्तान में वापस जाकर मुसलमान बन गए। कोई जमाना था भारत का यवन भी वैदिक संस्कृति अपनाने के लिए तड़प रहा था। इकबाल ने अपनी इस तड़प को अपने ग्रंथ बांगेन्दरा में इस प्रकार व्यक्त किया –

मैं असल का सोमनाती।
आबा मेरे लाती व सोमनाती॥
मरा बनकर की दर हिन्दुस्तान दीगर न में बीनी।
ब्राह्मण जादाय दम्जाश्नाय राम तबरेज असत॥

सारे जहाँ से अच्छा हिन्दोस्ताँ हमारा।
हिन्दी हैं हम वतन हैं हिन्दोस्ताँ हमारा॥

आ गैरियत के पर्दे इक बार फिर उठा दें।
बिछुड़ों को फिर मिला दें, नक्शे दुई मिटा दें॥
सूनी पड़ी हुई है, मुद्दत से दिल की बस्ती।
आ इक नया शिवाला इस देश में बसा दें॥
दुनिया के तीरथों से ऊँचा हो अपना तीरथ।
दामाने आसमां से उसका कलश मिला दे॥
हर सुबह उठकर गाएं वेद मंत्र मीठे-मीठे।
सारे पुजारियों को मय प्रीत की पिला दें॥
शक्ति भी, शांति भी भक्तों के गीत में है।
भारत के वासियों की शक्ति प्रीत में है॥

इतना ही नहीं आजादी से पूर्व स्कूल की प्रार्थना इकबाल के इस गीत से हुआ करती थी –

लब पे आई है दुआ बनके तमन्ना मेरी।
जिंदगी शमा की सूरत हो खुदाया मेरी॥
इकबाल पर अद्वैत का भी कितना रंग चढ़ा था
ढूँढ़ता फिरता हूँ मैं, इकबाल अपने आपको।
आप ही गोया मुसाफिर आप ही मंजिल हूँ मैं॥

इससे भी आगे एक स्थान पर इकबाल ने लिखा है, 'सभी मुसलमानों के शरीर में खून तो भारतीय ऋषियों का ही है। आज तक इस देश की किसी भी मस्जिद में एक भी ऐसा ब्लड पम्प नहीं लगा जो किसी मुस्लिम के शरीर से पुराना खून निकालकर नया अरबी खून उसके शरीर में उढ़ेल सके।'

काशी के पंडित जो शास्त्रार्थ में दयानंद से हार चुके थे? उन्होंने स्पष्ट कह दिया कि मुसलमान हिन्दू नहीं बन सकता और यदि कोई संगठन शुद्धि आंदोलन चला रहा है, तो वह धर्म के विरुद्ध है। मुसलमान तो शूद्र वर्ण में रखने के भी काबिल नहीं।

इसका उत्तर इकबाल ने निम्न शब्दों में दिया –

सच कह दूँ अय बिरहमन गरतु बुरा न माने।
तेरे सनम कदों के बुत हो गए पुराने॥
अपनों से बैर रखना तूने बूतों से सीखा।
जंगों अदल सिखाया वाइज को भी खुदा ने
तंग आके मैंने आखिर दैरो-हरम को छोड़ा।
वायज का वाज छोड़ा छोड़े तेरे फिसाने॥
पत्थर की मूर्ति में समझा है तू खुदा है।
खाके वतन का मुझको हर जर्रा देवता है॥

इतना ही नहीं इससे आगे बढ़कर इकबाल साहब ने अलग मुस्लिम राष्ट्र की माँग उठाई और यह कहा –

चीनो अरब हमारा हिन्दुस्तां हमारा।
मुस्लिम हैं, हम वतन है सारा जहाँ हमारा॥
तेगों के साये में हम पल कर जवां हुए हैं।
सौ बार ले चुका है तू इम्तहां हमारा॥

बच्चो, लेकिन हम आपको बता दें कि जो लोग धर्म के मार्ग से भटक गए हैं या भारतीय संस्कृति को भूल गए हैं, उन्हें दोबारा प्रेम के साथ अपनी संस्कृति में मिलाया जा सकता है। अधार्मिक मनुष्यों को धार्मिक बनाना ही शुद्धिकरण कहलाता है। वेद में कहा गया है कि हे विद्वानो! नीचे गिरे हुए मनुष्यों को आप पुनः उन्नत करते हो। हे देवो! अपराध पापादि करने वालों को आप उत्तम जीवन प्रदान करते हो। जल से शरीर, सत्य बोलने से मन तथा विद्या व तप से आत्मा शुद्ध हो जाती है। वह क्या है जो शुद्ध न हो जाए? शास्त्र का वचन है कि

देश भंगे प्रबासे च व्याधिषु व्यसनेश्बपि।
रक्षेदेव स्वेदेहदि पश्चाद्धर्म समाचरेत्।।

अर्थात्, "देश में उपद्रव होने पर, विदेश में, रोग में और घोर आपत्ति के समय जिस प्रकार भी हो सके सर्वप्रथम अपने शरीर, स्त्री-बच्चों, धन-दौलत की रक्षा करें। जब शांति हो जावे तो पुनः शुद्ध होकर अपने धर्म को ग्रहण करें।" आपत्ति काल में सोचासोच का विशेष विचार न करके सबकी शुद्धि करनी चाहिए, पीछे समय अनुकूल हो जाने पर धर्म का अच्छी प्रकार से सभी आचरण करते हैं। कभी भी किसी भी व्यक्ति को आर्य धर्म (हिन्दू) से बहिष्कृत नहीं करना चाहिए, क्योंकि शास्त्रों का वचन है कि जाति से बहिष्कृत व्यक्ति जो पाप करता है, उससे देश तथा

समाज को जो हानि होती है उस पाप का भागी वह समाज है, जो उस पापकर्ता को जाति से बाहर निकालता है।

भारत में शुद्धिकरण की परंपरा प्राचीन काल से रही है। सरस्वती की आज्ञा से कण्व ऋषि मिस्र देश में गए, वहाँ उन्होंने दस हजार अधार्मिक लोगों को धर्म और भाषा सिखाकर आर्य बनाया था। कर्मों के आधार पर वर्ण व्यवस्था कायम कर पृथु नाम वाले को क्षत्रिय राजा बनाया गया।

धर्म के ठेकेदार

धर्म के ठेकेदार पोंगा-पण्डितों ने आर्यों के पतन में मुख्य भूमिका निभाई है। इन्होंने धर्मशास्त्रों की व्याख्या अपने स्वार्थानुसार करके जनता को पथ-भ्रष्ट करने में महत्वपूर्ण भूमिका अदा की। शास्त्रों में भूत-प्रेत, जादू-टोने की कहानियाँ रची गईं, जिनके फलस्वरूप मक्कार तांत्रिकों का एक समुदाय पैदा हो गया। अशिक्षित व भोली-भाली जनता को तांत्रिकों द्वारा ठगा जाने लगा। सीधे-सीधे वैदिक समाज में अंधविश्वासों व वाह्य आडंबरों का बोलबोला हो गया, जो भारत की सुख-शांति सब छीन ले गया।

गाय की पूजा समस्त वैदिक लोग करते आए हैं और ब्राह्मण तो गाय के बराबर हैं, उन्हें तो सारे समाज का मार्गदर्शक समझा जाता था, राजदरबार में भी ब्राह्मणों को ही सर्वाधिक सम्मान मिलता था, फिर भी महाभारत युद्ध के बाद उन्होंने राष्ट्रहित की चिंता करनी छोड़ दी। रामायण काल में जनक के साथ उनकी महारानी ने भी हल चलाया था, वहीं महाभारत तक आते-आते पतिव्रता का मंत्र रूढ़िवादिता की हदें पार कर गया था। जब युवती गांधारी अन्धे धृष्टराष्ट्र के राजमहल में प्रथम बार आई तो उसको सब ब्राह्मणों ने शिक्षा दी कि बेटी तुम्हारी शादी होने वाली है, इसलिए थोड़ा गृहस्थाश्रम के बारे में भी सुनो, "गृहस्थाश्रम में प्रत्येक पतिव्रता स्त्री का यही धर्म है वह सदा अपने पति को प्रसन्न रखे और किसी ऐसे

सुख का उपभोग नहीं करना चाहिए, जिससे उसका पति वंचित हो।" तब गांधारी को यह पता चला कि तुम्हारे होने वाले पति धृतराष्ट्र अन्धे हैं, तो स्वार्थी पंडितों ने यही पाठ पढ़ाया होगा कि वह भी आँखों पर पट्टी बाँध ले, यही उसका धर्म है और यही पतिव्रत है। यही एक ऐसा मार्ग है जिससे उसका नाम सती स्त्रियों में प्रसिद्ध होगा। परिणामस्वरूप गांधारी ने

आँखों पर पट्टी बाँध ली। लेकिन आँखों पर पट्टी बाँधना पतिव्रता का प्रमाण नहीं माना जा सकता, केवल पाखंड कहा जाएगा, क्योंकि शास्त्रों का वचन है कि बाहरी लिंग का नाम धर्म नहीं है, धर्म का संबंध तो मन व विचारों से होता है। उन्नति दायक कर्म ही धर्म है।

सती प्रथा का प्रचलन भी महाभारत काल में शुरू हुआ। सती होने के लिए वेदों में आज्ञा नहीं है। 'कनक' जैसे पुरोहितों ने माद्री को बहकाया कि यदि वह पांडु के साथ चिता में जीवित जल जाएगी तो वह सती स्त्रियों में सर्वोच्च पूज्य होगी। परिणामस्वरूप माद्री पांडु के साथ सती हो गई, लेकिन देश में एक ऐसी कुरीति का प्रचलन शुरू हुआ कि माद्री के बाद राजा राममोहन राय द्वारा सती प्रथा बंद कराने तक न जाने कितनी अबलाओं को मृत पतियों के साथ जबरदस्ती जलाया गया होगा?

आर्यों की ईश्वर आराधना पद्धति अत्यंत सरल एवं कर्मकांड रहित थी, लेकिन धर्म के ठेकेदारों ने देवी-देवताओं की मूर्तियों के सामने विभिन्न प्रकार का चढ़ावा चढ़वाने की परंपरा शुरू की तथा भक्तों को बताया कि किसी भी संकट के समय देवी-देवताओं की शरण में आ जाओ वे नैया पार लगा देंगे।

सोमनाथ के मंदिर में पंडितों ने नीचे-ऊपर चुम्बक पाषाण लगा रखे थे, जिसके आकर्षण से मूर्ति अधर में रखी थी, जिसे चमत्कार समझ अंधविश्वासी लोग देव मूर्ति के समक्ष लाखों का चढ़ावा चढ़ाते थे। जब म्लेच्छों ने भारत पर आक्रमण किया, तब धर्म के ठेकेदारों ने यही दुहाई दी कि, 'हम क्या कर सकते हैं, दुष्टों का नाश करने के लिए भगवान अवतार लेंगे।' परिणामस्वरूप राजपूत हथियार डालकर मंदिरों में भजन-कीर्तन करने लगे। स्वामी दयानंद जी ने ठीक ही लिखा है कि जब महमूद गजनवी आकर लड़ा था तब अधर में लटकी हुई मूर्ति एक झटके में तोड़ दी गई और पुजारी भक्तों की अत्यंत दुर्दशा हुई और लाखों फौज दस सहस्र

फौज से हार गई, जो पोंगा पुजारी पूजा, पुरश्चरण, स्तुति, प्रार्थना करते थे कि "हे महादेव! इस म्लेच्छ को तू मार डाल, हमारी रक्षा कर।" वे अपने चेले राजाओं को समझाते थे कि आप निश्चिंत रहिए। महादेव भैरव अथवा वीरभद्र को भेज देंगे। वे सब म्लेच्छों को मार डालेंगे या अन्धा कर देंगे। ...हनुमान, दुर्गा व भैरव ने स्वप्न दिया है कि हम सब पापियों का नाश कर देंगे। वे बेचारे भोले राजा और क्षत्रिय पोंगा पंडितों के बहकाने से विश्वास में रहे। कितने ही ज्योतिषियों ने कहा कि अभी तुम्हारी चढ़ाई का मुहूर्त नहीं है। एक ने आठवाँ चन्द्रमा बतलाया, दूसरे ने योगिनी सामने दिखाई, इत्यादि बहकावट में रहे। जब म्लेच्छों की फौज ने आकर घेर लिया तब दुर्दशा से भागे। कितने ही पोंगा पुजारी और चेले पकड़े गए। पुजारियों ने भी हाथ जोड़कर कहा कि तीन करोड़ रुपया ले लो और मूर्ति मत तोड़ो। मुसलमानों ने कहा हम 'बुतपरस्त' नहीं, किन्तु 'बुतशिकन' अर्थात् मूर्तिपूजक नहीं, किन्तु मूर्तिभंजक हैं। जाकर झट मंदिर तोड़ दिया। जब ऊपर की छत टूटी तब पाषाण पृथक् होने से मूर्ति गिर पड़ी। जब मूर्ति तोड़ी गई, तब कहा जाता है कि 18 करोड़ के रत्न निकले। जब पुजारी और पोपों पर कोड़े पड़े तब उन्होंने मार के मारे अन्य कोष भी बतला दिया।

हम यहाँ आपको बता दें कि सोमनाथ मंदिर तोड़ने से पूर्व महमूद गजनवी ने विक्रमी संवत 1057 में राजा जयपाल को पराजित कर उससे हर्जाने के तौर पर एक लाख दिनार वसूल किए। विक्रमी 1065 संवत में कांगड़ा से सात करोड़ दिरहम मूल्य के सिक्के और सात लाख चार सौ मन सोना और चाँदी लूटा गया। मूल्यवान आभूषणों व मोतियों का भंडार और जरीदार वस्त्रों की लूट इसके अतिरिक्त थी। वि. 1068 संवत में थानेश्वर को लूटा और अनेक मंदिर नष्ट किए। चक्रस्वामी की मुख्य मूर्ति गजनी ले जाई गई और अपवित्र करने के लिए सार्वजनिक चौक पर फेंक

दी गई। भारत में मंदिरों की जगह मस्जिदें व सूफियों के मठ बनने लगे और गाय की पूजा करने वाला देश, जहाँ गाय के दूध से सारा परिवार पलता था, वह भेड़-बकरियों के दूध पर निर्भर रहने लगा।

बच्चों, हम यह नहीं कहते कि पूजा-पाठ नहीं करना चाहिए, वह तो करना चाहिए, लेकिन हमारे पूर्वजों को पूजा-पाठ श्रद्धा से करना चाहिए था, जो न किया गया। श्रद्धा के स्थान पर बाह्य आडंबरों का बोलबाला हो गया था। यहाँ प्रश्न उठना स्वाभाविक है कि श्रद्धा से पूजा कैसे की जाती है? इस प्रश्न का उत्तर है कि 'श्रद्धा शब्द का निर्माण हुआ है दो शब्दों – 'श्रत्' और 'धा' से। 'श्रत्' यानी सत्य और 'धा' यानी धारण करना। मानव की वह प्रकृति जो उसे उसके जीवन में सत्य धारण करने की ओर प्रेरित करे, श्रद्धा है। राम-कृष्ण, दुर्गा, शिवादि के गुणों को धारण करना ही उनके प्रति श्रद्धा है। श्री राम की बात ही लें, भले ही वह भगवान के अवतार हों, लेकिन उन्होंने वनों में विभिन्न कष्ट सहते हुए अपने बाहुबल से राक्षसों को मारकर पृथ्वी पर सुख व शांति स्थापित की। कहने का तात्पर्य यह है कि जब म्लेच्छों ने भारत पर आक्रमण कर मंदिरों को भ्रष्ट किया तब पुजारियों ने यही कहा कि भगवान पर भरोसा रखो वह राक्षसों का नाश अवश्य करेंगे, जबकि उन्हें कहना यह चाहिए था कि जिस प्रकार राम ने राक्षसों को मार गिराया, उसी प्रकार तुम भी अपने बाहुबल से इन म्लेच्छों का सर्वनाश कर दो, क्योंकि शास्त्रों में लिखा है कि जो अपनी रक्षा स्वयं करते हैं भगवान भी उन्हीं की रक्षा करते हैं।

संकट के समय हौसला बढ़ाने की बजाय इन धर्म के ठेकेदारों ने आर्यों में दासवृत्ति के भाव पैदा किए। विदेशी राज्य भारत में स्थापित हो जाने पर कई पुरोहितों ने अपने धर्म, संस्कृति और समाज की जीवन प्रणाली को नष्ट करने पर तुले हुए विदेशी, सत्ताधारी लोगों को भगवान की बराबरी का मानकर उन्हें यहाँ अपने ही बन्धुओं पर स्थापित करने के

लिए घोर दासवृत्ति का परिचय दिया। ऐसे एक प्रकांड विद्वान श्री जगन्नाथ पंडित जी के नाम से प्रसिद्ध हुए हैं। उनके संबंध में ऐसा बताया जाता है कि उन्होंने दिल्ली पर अधिकार जमाए म्लेच्छ राजा को 'दिल्लीश्वरों वा जगदीश्वरों वा..." कहा। इस प्रकार अपने ही धर्म का विध्वंश करने वाले विधर्मियों को जगदीश्वर जैसे सम्मान प्रदान कर उनका कद ऊँचा बढ़ा दिया गया। दासवृत्ति के कारण आर्यों के स्वाभिमान का ह्रास हो गया और अच्छे-अच्छे हिन्दू उच्चपदस्थ लोग भी दासत्व में इतने दब गए कि उन्हें दासत्व के वातावरण का पता भी न चलता था। ऐसे ही दासों की कई संतानें आज अपने को हिन्दू मानने को भी तैयार नहीं।

आपसी फूट

भारत को अवनति के कगार पर पहुँचाने में आपसी फूट का भी कम योगदान नहीं है। महाभारत का युद्ध आपसी फूट का ही परिणाम था। भगवान श्रीकृष्ण में युद्ध रोकने व शांति स्थापित करने की तीव्र तड़प थी, तभी तो वह कहते हैं कि "धृतराष्ट्र पुत्रों के बैर को जानता हुआ भी इस संकट में अपने को डाल रहा है, क्योंकि मैं देख रहा हूँ कि युद्ध के परिणामस्वरूप पशु सहित सब पृथ्वी नष्ट हो जाएगी। जो इस मृत्यु पाश से पृथ्वी की रक्षा करेगा, वह महान धर्म का कार्य करेगा। धर्म कार्य करते हुए यदि सफलता भी न मिले तब भी पुण्य की प्राप्ति हो जाती है, इसलिए इस विनाशकारी संग्राम से कुरु-पांडव वंश को बचाने के लिए मैं पूरा प्रयास करूँगा।" श्रीकृष्ण ने आपसी फूट को प्यार में बदलने के लिए दुर्योधन को खूब समझाया, लेकिन उसने स्पष्ट कह दिया कि "मैं जानता हूँ कि धर्म क्या है, पर उसमें मेरी प्रवृत्ति नहीं होती और मैं यह भी जानता हूँ कि अधर्म क्या है, किन्तु उससे मेरा छुटकारा नहीं होता, इसलिए युद्ध किए बिना सुई की नोक के बराबर भी भूमि मैं पांडवों को नहीं दूँगा।"

ऋषि दयानंद ने लिखा है कि जब आपस में भाई-भाई लड़ते हैं, तभी तीसरा विदेशी आकर पंच बन बैठता है। आपस में फूट से कौरवों-पांडवों और यादवों का सत्यानाश हो गया। सो तो हो गया, परन्तु अब तक भी वही रोग पीछे लगा है। न जाने यह भयंकर राक्षस कभी छूटेगा या आर्यों को सभी सुखों से छुड़ाकर दुःख सागर में डुबो मारेगा। उसी दुष्ट दुर्योधन, गोत्र हत्यारे, स्वदेश विनाशक नीच के दुष्ट मार्ग पर आर्य लोग अब तक चल कर दुःख बढ़ा रहे हैं। भारत-पाकिस्तान का मनमुटाव आज इसी तरह का मामला है।

आपसी फूट के कारण ही भारत पर विदेशी शासन संभव हो सका। बात उन दिनों की है जब सिन्धु में हिन्दू नरेश दाहिर राज करता था। उसके शासन पर एक म्लेच्छ यवन ने आक्रमण किया और लड़ाई के मैदान से म्लेच्छ के पैर उखड़ गए। जिस रात वह स्वदेश भागने को ही था कि राजपुरोहित ने यवन राज से जाकर कहा, "आप मुझे सिन्धु का नरेश बनाने का वचन दें, तो मैं आपकी हार को जीत में बदल दूँगा।" म्लेच्छ राजा ने हाँ कर दी। तत्पश्चात् रात्रि में राजपुरोहित ने मंदिर पर चढ़कर मंदिर का केसरिया ध्वज झुका दिया। प्रातःकाल जो भी सैनिक उठता और मंदिर के ध्वज को झुका हुआ देखता तो कहता कि देवता नाराज हो गया, अब सिन्धु नहीं बचेगा, क्योंकि वहाँ के पंडितों ने प्रजा व सेना में यह अंधविश्वास भर दिया था कि मंदिर का ध्वज झुकने पर सिन्धु नहीं बच सकता। हुआ भी ऐसा ही। म्लेच्छ राजा ने हमला बोला, लेकिन आर्य सैनिकों ने उत्साह के साथ युद्ध में भाग नहीं लिया। दाहिर हार गया, उसे मार डाला गया और उसकी दोनों लड़कियों सूरज और परमाल को मुस्लिम खलीफा को तोहफे के तौर पर भेंट किया गया। राजपुरोहित को यह कहकर मार डाला गया कि जब तुम अपने देश के न हो सके तो हमारे कैसे हो सकते हो? जयचन्द और पृथ्वीराज चौहान में आपसी फूट

के कारण ही मुहम्मद गोरी आर्यावर्त को पराधीन करने में कामयाब रहा। यह इतिहास की प्रसिद्ध गाथा है, इसे ज्यादा लिखने की जरूरत नहीं।

आश्रम व्यवस्था का खंडित होना

धर्माचार्यों की अयोग्यता, गृहस्थियों द्वारा संतान को मोहस्वरूप गुरुकुलों में न भेजना, विदेशी आक्रमणकारियों द्वारा आश्रमों की क्षति, सूफियों द्वारा आश्रमों व मंदिरों पर कब्जा कर उन्हें मदरसों, मस्जिदों आदि में बदलना, अँग्रेजों द्वारा स्कूलों की स्थापना आदि अनेक कारणों से आर्यों की प्राचीन आश्रम व्यवस्था खंडित हो गई। आश्रम व्यवस्था का नष्ट होना भी आर्यों के पतन का मुख्य कारण रहा है। प्राचीन आर्यों ने आश्रम व्यवस्था में अत्यंत सूक्ष्म एवं वैज्ञानिक दृष्टि का विनियोग किया था। इस व्यवस्था से समाज में पवित्र और महान भावनाओं का जागरण होता था, कलह, द्वेष आदि की निवृत्ति होती थी, समाज में सुख, संतोष और शांति की अभिवृद्धि होती थी। यह आश्रम व्यवस्था इस प्रकार की नीति पर आधारित थी कि सबकी जीविका का साधन और लोक की सुस्थिति बनी रहे एवं धर्म, अर्थ तथा काम का मूल होने से मोक्ष की प्राप्ति हो।

आश्रम में आयु, जीवन के उद्देश्य, कर्तव्य एवं उसकी आवश्यकता तथा सामर्थ्य के परिप्रेक्ष्य में जीवन को चार आश्रमों में बाँटा जाता था। पहला आश्रम जो ब्रह्मचर्य आश्रम कहलाता था, में विद्योपार्जन करने वाले छात्रों की व्यवस्था होती थी। इस आश्रम में अनुभवी वानप्रस्थी सदस्य वैज्ञानिकों की तरह जंगलों के बीच निरोग जलवायु के अपने आश्रमों में ब्रह्मचारियों की शिक्षा का प्रबंध करते थे। अपनी-अपनी रुचि के अनुसार विद्यार्थी को गुरु मिल जाता था। शिल्पादि जो जिस प्रकार की विद्या सीखना चाहते थे उनके लिए उसी प्रकार की व्यवस्था की जाती थी और राष्ट्र उन वानप्रस्थी आचार्यों को सब सुविधाएँ तथा साधन जुटा देता था,

ताकि विद्यार्थियों का कोई बोझ आचार्यों पर न पड़े। राजा और रंक सभी की संतान एक समान यहाँ शिक्षा पाती थीं। इसी आश्रम में उपनयन, वेदारंभ तथा समावर्तन संस्कार होते थे। बालक गुरुचरणों में बैठकर विद्योपार्जन करके लोक प्रतिष्ठा प्राप्त करता था। लड़के व लड़कियों को विद्वान बनाने के उद्देश्य से राज्य की ओर से विशेष ध्यान दिया जाता था। विवाह से पूर्व लड़कियाँ भी लड़कों की तरह शिक्षा ग्रहण करती थीं, लेकिन उस समय सहशिक्षा न थी।

ब्रह्मचर्याश्रम में अपनी शिक्षा समाप्त करने के बाद जब ब्रह्मचारी गृहस्थ आश्रम में प्रवेश करता था तब उसके सामने सादा जीवन और ज्ञान प्राप्ति का आदर्श रहता था। इस कारण वे संयमित ढंग से धनोपार्जन करते हुए 50 वर्ष तक सुखपूर्वक बिताते थे। गृहस्थाश्रम का महत्व सार्वधिक माना जाता था, क्योंकि अन्य तीन आश्रम इसी पर आश्रित थे। गृहस्थी अतिथि, यज्ञ को अपना धर्म समझते थे। ब्रह्मचारी, वानप्रस्थी और संन्यासी इन तीन आश्रमों में से कोई भी अतिथि आए, तो वह गृहस्थी के द्वार से निराश व भूखा न जाता था। जीवन में ऐसे समय प्रायः आ जाते हैं, जब मनुष्य के पास खाने को कुछ नहीं रहता, व्यापार मंदा हो जाता है, पैसा चोरी चला जाता है, भौतिक आपदाओं के कारण घर-द्वार नष्ट हो जाते हैं, ऐसे समय में भी गृहस्थी समझते थे कि यदि अतिथि को खिलाए बिना स्वयं खा लिया तो गृहस्थ धर्म नष्ट हो जाएगा। अतः गृहस्थी समझकर पहले उसे भोजन ग्रहण कराते थे, बाद में स्वयं।

भौतिक आपदाओं के समय अतिथि यज्ञ उनके लिए रामबाण औषधि थी। उस काल में लोग अपरिग्रह के उपासक थे, वे दान लेना बुरा समझते थे और भीख माँगना उनके लिए मर जाने के बराबर था। वह था आत्मनिर्भरता और आत्मसम्मान का समय। पितृ-ऋण, देव ऋण व ऋषि ऋण चुकाना धार्मिक कर्मकांड का भाग था, इसलिए अतिथि यज्ञ आदि

को कोई एहसान के दायरे में नहीं रख सकता था। जीवन के पचास वर्ष पूरा हो जाने के बाद व्यक्ति वानप्रस्थ आश्रम में कदम रखता था, तब दूसरे नवयुवकों को धनोपार्जन का अवसर मिल जाता था।

आज 60-70 वर्ष की आयु पाकर भी लोग धनोपार्जन में जुटे रहते हैं, सभा-सोसायटियों के पद नहीं छोड़ते और वृद्धावस्था में भी बच्चे पैदा

करते जाते हैं, तो बेचारे नवयुवक किस गड्ढे में जाकर गिरेंगे, उन्हें भी तो रोजगार मिलना चाहिए।

वानप्रस्थी सब प्रकार के ग्राम्य योज्य पदार्थ तथा अन्य सब वस्तुओं का परित्याग कर स्त्री को पुत्रों के पास छोड़कर अथवा साथ लेकर वन में चला जाता था। रमणीय वन में वानप्रस्थी आश्रम बनाता था, वहाँ विद्यार्थियों को पढ़ाता था, समाज के बच्चों को अपना बच्चा मानता था। राम, लव-कुश, भरत, पांडव, कृष्ण आदि सभी वानप्रस्थियों के आश्रमों में ही शिक्षित हुए थे। वानप्रस्थी शाक, कंद-मूल, फल-फूल, जल आदि को भोजन के रूप में ग्रहण करते थे और पंच महायज्ञों का निर्वाह करते हुए अतिथि सेवा आदि भी करते थे। एकलव्य का अँगुष्ठ दान गुरु-शिष्य परंपरा के पतन की शुरुआत थी।

जब 25 वर्ष तक वानप्रस्थी विद्यार्थियों को सुशिक्षा देकर समाजसेवा कर लेता था। जीवन की समस्याओं पर गंभीरतापूर्वक विचार कर तपमय जीवन जीता हुआ ज्ञान विषय में खूब मंज जाता था, तब वृद्धा गृहिणी को आश्रम में छोड़कर संन्यासी बन जाता था। वेदों में भी 'यतया', विजानत इत्यादि पदों में संन्यास का विधान है। कुछ लोग पूर्ण वैराग्य होने पर वानप्रस्थ या गृहस्थाश्रम से पूर्व ब्रह्मचर्याश्रम में भी संन्यास ग्रहण कर लेते थे। संन्यासी ग्रामों, कस्बों और नगरों में घूमकर सामाजिक तथा राष्ट्रधर्म का उपदेश देता था, लोगों को अपने अनुभव बताता था, उनकी शंकाओं का समाधान करता था। आपसी झगड़ों को निपटाना, सामाजिक मर्यादा सिखलाना और धर्म का प्रचार करना संन्यासियों का मुख्य कर्म था। इससे भी बढ़कर जो ज्ञान, अनुभव उन्हें मिला था, उसमें दूसरे संन्यासियों के अनुभव मिलाकर भी वे अपने को पूर्ण ज्ञानी न समझते थे, इसलिए ज्ञान की खोज में निरंतर लगे रहते थे। अत्यंत विनीतभाव से सब संन्यासी वर्षा ऋतु में इकट्ठे होकर विचार-विनिमय करते थे, कठिन

प्रश्नों का प्रेमपूर्वक शास्त्रार्थ द्वारा हल निकालकर जनता को उन्नति का मार्ग दिखलाते थे।

वैदिक काल में संन्यासी केवल पृथ्वी पर दृष्टि रखकर चलते थे, जल वस्त्र से छानकर पीते थे और निरंतर सत्य ही बोलते थे। जब कहीं उपदेश या संवादादि में कोई संन्यासी पर क्रोध करता था, तब संन्यासी क्रोध न करते हुए सदा उसके कल्याण की ही कामना व उपदेश करते थे। संन्यासी मुख से बुरा न बोलते थे, नासिका से दुर्गन्ध न सूंघते थे, आँखों से बुरा न देखते थे और कानों से बुरा न सुनते थे।

प्राचीन काल में संन्यासी लोक प्रतिष्ठा, धन उपयोग व पुत्र मोह आदि सबका त्याग करके जनकल्याण व मोक्ष साधनों में ही तत्पर रहते थे। परन्तु कालांतर में आश्रम व्यवस्था का पतन हो जाने के कारण संन्यासी पुत्रेष्णा तो क्या शिष्येष्णा, वित्तेष्णा तो क्या बैंक खातेषेणा तथा लोकेष्णा ही नहीं सीधा मठेष्णा के अधिपति बन जाना ही संन्यास कर्म समझने लगे। ऐसे संन्यासियों को ढोंगी और पाखंडी के सिवाय कुछ नहीं कहा जा सकता? संन्यासी के लिए किसी भी मठ या कुटी बनाने का आर्ष साहित्य में निषेध है।

आदि शंकराचार्य ने आदि से लेकर अंत तक विशाल भारत में अनवरत् पैदल घूमते हुए भारत में धार्मिक क्रांति पैदा कर दी थी, उन्होंने संन्यास मर्यादाओं का पालन करते हुए कभी भी एक स्थान पर स्थायी रूप से निवास न कर सतत देशाटन किया। उनके स्थानापन्न आज के शंकराचार्य अपने-अपने मठ में स्थायी रूप से क्यों रहते हैं? इन्हें तो निरंतर धर्म प्रचार यात्राएँ करते रहना चाहिए, शास्त्रों का गहन अध्ययन कर शास्त्रार्थों में अभारतीय मत-मतांतरों को पराजित करते रहना चाहिए। आधुनिक काल में स्वामी दयानंद सरस्वती ने देशाटन करते हुए वेदों का डंका आलम में बजा दिया था। यह उन्हीं ही महिमा है कि मॉरीशस सहित कई अन्य

राष्ट्रों ने वदों पर डाक टिकट तक जारी किए। विश्व में अनेक जगह आर्य समाज स्थापित हुआ। आर्य समाजी महेंद्र चौधरी फिजी तथा जगन्नाथ मॉरीशस में प्रधानमंत्री तक बने।

जाति प्रथा

'वेदों में जाति प्रथा का कहीं उल्लेख नहीं है, हाँ यह निर्विवाद है कि वेदों में चातुर्वर्ण्य के सिद्धांत का उल्लेख है, जिसे पुरुष सूक्त के नाम से जाना जाता है। लेकिन यह सिद्धांत जाति के जन्म के लिए जिम्मेदार नहीं, क्योंकि समाज में चार वर्ण आज भी हैं। वैदिक काल में शिक्षण को ब्राह्मण कहते थे, आज अध्यापक कहते हैं, वीर और राष्ट्ररक्षक को क्षत्रिय कहते थे आज सिपाही व सैनिक कहते हैं। खेती व व्यापार करने वाले को वैश्य कहते थे, आज किसान और व्यापारी कहते हैं और तीनों वर्णों के लिए श्रम कार्य करने वाले शूद्र कहते थे आज नौकर, कर्मचारी, चपरासी आदि कहते हैं। वैदिक वर्णव्यवस्था जितनी निरापद और स्वाभाविक थी, स्मृतिकारों ने उसे उतना ही सापद और कृत्रिम बनाकर रख दिया। वेद में शूद्र का अर्थ अपठित और मूर्ख कदापि नहीं, बल्कि तप अर्थात् कठोर कर्म करने वाले को शूद्र कहा गया है। द्विज शब्द ब्राह्मणों के लिए नहीं, बल्कि मनुष्य मात्र के लिए वेदों ने बताया है। माता के गर्भ में जन्म लेने पर प्रत्येक व्यक्ति एकज बनता है। वेद विद्या के गर्भ में जन्म लेकर विद्व ान बनने पर वह द्विज (द्वि-जन्मा) कहलाता है। स्वामी दयानंद के अनुसार जन्मना जायते शूद्रः संस्कारदाद्विज उच्यते अर्थात् जन्म से सभी शूद्र होते हैं, संस्कारों द्वारा उन्हें द्विज बनाया जाता है। जो द्विज नहीं बनता वह शूद्र अर्थात् कठोर कर्म करने वाला रहता है। मनुस्मृति व आपस्तम्ब धर्म सूत्र में स्पष्ट घोषणा है कि कर्मों के अनुसार शूद्र पिता के घर जन्मा योग्य पुत्र ब्राह्मण वर्ण में रखा जाए तथा यदि ब्राह्मण का पुत्र नीच लक्षणों

वाला हो तो उसे शूद्र वर्ण में रख देना चाहिए। प्राचीन काल में शूद्रों को पंच महायज्ञ करने का भी अधिकार था। निषाद, चांडाल आदि जो पंचम वर्ण समझा गया है वह भी सूर्योदय के समय हवन करते थे। बाण ने शूद्र स्त्री से पैदा हुए ब्राह्मण पुत्र पाराशव का उल्लेख किया है। ब्राह्मण अन्य सब वर्णों के हाथ का भोजन खाते थे।

प्राचीन काल में चारों वर्ण राष्ट्र के उन्नतिदाता अर्थात् ब्राह्मण ज्ञान प्रदाता, क्षत्रिय रक्षण प्रदाता, वैश्य धन प्रदाता व शूद्र वासोदा (वास प्रदाता) थे। मानव समाज में वास-निवास के लिए जो कुछ आवश्यक था उसके निर्माणकर्ता शूद्र समझे जाते थे। गृह, कोठी, बंगला, भवन, महल, पुल, सड़क, यान आदि का निर्माण करना शूद्र वर्ग का कार्य था। इंजीनियर, ड्राफ्ट्समैन, आर्कीटेक्ट, कारीगर, मजदूर सब शूद्र समपूज्य समझे जाते थे। शूद्र ही श्री (शोभा) का संपादक था। शूद्र श्री का पुत्र है।

ब्राह्मण शर्मा थे, क्षत्रिय वर्मा थे, वैश्य श्रेष्ठी थे। किन्तु श्री का पद इतना शोभनीय और सुंदर है कि सभी वर्गों के देव व देवियाँ अपने आपको श्री, श्रीमान और श्रीमती कहलाना पसंद करने लग गए। प्रत्येक मनुष्य के दाहिने तलुए में पद्म और बाएँ तलुए में 'श्री' होती है। पद्म और श्री के कारण ही पगों का स्पर्श और पूजन किया जाता है। मानव समाज में शूद्र ही पगस्थानीय हैं, पद्म और श्री का अवतार है। शूद्र परिश्रमी हैं और मेहनत से ही पद्म और श्री पदों की प्रतिष्ठा समझी जाती है। अतः शूद्र समाज की श्री शोभा है, शूद्र त्याग और तप का दूसरा नाम है। वैश्य समाज की पूषा है। क्षत्रिय समाज का रक्षक है और ब्राह्मण समाज का प्रचेता है। प्राचीन काल में चारों ही वर्ण समान समपूज्य और समादरणीय समझे जाते थे।

महर्षि वाल्मीकि शूद्र वर्ण में पैदा होकर महर्षि के परमोच्च पद पर पहुँचे। वीर माता जीजाबाई ने अपनी पौत्री सुखुबाई की शादी दलित

परिवार में जन्में निबालकर के लड़के महादजी के साथ की थी और आधुनिक युग में ही शूद्र वर्ण में पैदा होकर डॉ. भीमराव अंबेडकर भारत के संविधान निर्माता बने।

वेदों के बाद मानव धर्म शास्त्र के रचनाकार मनु की कर्मणा व्यवस्था मनुष्य की अपनी प्रकृति के अनुसार जीविका चयन, श्रम विभाजन व विधि-विधान है, जिसका कालांतर में धीरे-धीरे जाति के रूप में विकृतिकरण हुआ। यह कब, क्यों और कैसे हुआ कहना मुश्किल है? लेकिन यह आज विकृत जन्मना जाति व्यवस्था के साथ प्रचलित है। वर्ण हमारी समाज व्यवस्था के लिए वरदान थे, लेकिन वे जाति के रूप में विकृत होकर आज भयंकर अभिशाप सिद्ध हो रहे हैं। जाति व्यवस्था का प्रामाणिक हिन्दू धर्म शास्त्रों एवं वेदानुकूल ग्रंथों में कहीं उल्लेख या समर्थन नहीं है। फिर इसको मनु के नाम के साथ जोड़कर मनु और हिन्दू धर्म की निंदा का एक व्यापक राजनैतिक षड्यंत्र चलाया जा रहा है। इस संबंध में डॉ. अंबेडकर का कथन है कि अकेला मनु न तो जाति व्यवस्था को बना सकता था और न लागू कर सकता था फिर भी कदाचित् मनु जाति निर्माण के लिए जिम्मेदार न हो, परन्तु मनु ने वर्ण की पवित्रता का उपदेश दिया है। वर्ण जाति की जननी है और इस अर्थ में मनु जाति व्यवस्था का लेखक भी न हो, परन्तु उसका पूर्वज होने का उस पर निश्चित ही आरोप लगाया जा सकता है।

जन्मना जाति व्यवस्था निःसंदेह अमानवीय व अनुचित है, जिसे अनेक संतों, समाज सुधारकों व राष्ट्रभक्तों ने मिटाने का प्रयास किया, लेकिन यह दुर्भाग्य ही है कि जातिवाद की जड़ें आज और गहरी होती जा रही हैं। आज सारी राजनीतिक पार्टियाँ मुख्यतः जाति केन्द्रित हो उठी हैं। स्वजाति मोह के चलते जाति केन्द्रीयता बढ़ती चली जा रही है, जो दुःखद और भयावह है। जाति के कारण छुआछूत प्रथा का जन्म

हुआ और अस्पृश्यता से पीड़ित लोगों ने धर्मांतरण कर लिया, धर्मांतरण से राष्ट्रीयता एवं संस्कृति स्वतः ही परिवर्तित हो गई। अपने दुश्मन बन गए और भारत माता के टुकड़े होकर पाकिस्तान व बांग्लादेश बन गए। हाय! कितनी भयंकर पीड़ादायक और अभिशाप सिद्ध हुई जाति प्रथा व इसकी अस्पृश्यता। न जाने यह पापिनी कब नष्ट होगी या आर्यों को ही नष्ट करके छोड़ेगी?

•••

प्रश्नोत्तरी

1. वैदिक संस्कृति का आधार क्या है?
   (अ) वेद (ब) गीता
   (स) पुराण (द) कुरान

2. वेद शब्द किस धातु से बना है?
   (अ) विद्या (ब) विद्
   (स) कृ (द) वि

3. सामवेद कौन-सा ग्रंथ है?
   (अ) योग संहिता (ब) कर्मकांड ग्रंथ
   (स) गेय ग्रंथ (द) अथर्ववेद

4. आर्य समाज के संस्थापक कौन हैं?
   (अ) स्वामी दयानंद (ब) भर्तृहरि
   (स) निंजनानंद (द) विक्रम

5. चार धामों की स्थापना किसने की?
   (अ) शंकराचार्य (ब) विवेकानंद
   (स) दयानंद (द) धर्मानंद

6. इंडोनेशिया की राजधानी क्या है ?

(अ) पहाड़गंज (ब) जकार्ता

(स) केरल (द) इस्लामाबाद

7. इंडोनेशिया की मुद्रा पर किस देवता का चित्र छपता है?

(अ) गणेश (ब) विष्णु

(स) शिव (द) ब्रह्मा

8. राजा उतांग की राजधानी कौन-सी है?

(अ) जकार्ता (ब) अयोध्या

(स) दिल्ली (द) भरुच

9. अरबों और ग्रीकों के गुरु कौन थे?

(अ) आर्य (ब) पंडिम

(स) द्रविड़ (द) अंग्रेज़

10. दुनिया को शून्य किसने दिया?

(अ) पाकिस्तान ने (ब) इंग्लैंड ने

(स) भारत ने (द) बांग्लादेश ने

उत्तर

1. अ 2. ब 3. स 4. अ 5. अ 6. ब 7. अ 8. ब 9. अ 10. स